Die Sonntagsfrage

Markus Willinger

Impressum:

Autor: Markus Willinger
Verlag: Zaptos Media
ISBN: 978-3-9504381-6-1
Cover: Petra Rudolf
Lektorat: Anne von Proeck
Deutsche Erstveröffentlichung: Berlin 2019

Christian

(Berlin, Januar 2021)

Als Helene König das Büro betrat, zog Christian überrascht die Augenbrauen hoch.

Er hatte sich eine rechte Ikone ganz anders vorgestellt. Eine hässliche Frau mit einem verkniffenen Zug um den Mund vielleicht. Oder aber eine verbitterte, altmodisch gekleidete Vettel. Das Gegenteil war der Fall: Helene König lächelte gut gelaunt, hatte lange blonde Haare und trug ein elegantes Businesskleid, das ihre schlanke Figur betonte. Sie hatte ein hübsches, junges Gesicht, eine gerade Nase und strahlend weiße Zähne. Sie sah aus wie eine Frau, die es gewohnt war, sich zu nehmen, was sie wollte. Auf der Straße hätte Christian sie für eine erfolgreiche Geschäftsfrau und nicht für eine AfD-Politikerin gehalten.

Ihrem Begleiter Herbert Kingl dagegen sah man die rechte Gesinnung schon von Weitem an. Alles an ihm strahlte Muff und Staub aus: sein altmodisch kariertes Hemd, seine braune Hose und die Jacke, die vermutlich schon sein Großvater in Stalingrad getragen hatte. Der Mann war vielleicht vierzig, aber hatte die Aura eines Siebzigjährigen und um seinen Mund lag ein dauerempörter Zug, der nur darauf zu warten schien, von irgendetwas ausgelöst zu werden.

»Nehmen Sie Platz«, sagte Christian höflich. Er wusste nicht ganz, wie er sich verhalten sollte. Galten die normalen Regeln der Höflichkeit auch für hochrangige AfD-Mitglieder?

Scheinbar ja. Die beiden bedankten sich freundlich und setzten sich. Christian seufzte innerlich und wandte sich an die Frau. »Sie sind also Helene König?«, fragte er. »Man sagt, Sie seien die Magda Goebbels der AfD.«

König hob die Augenbrauen. »Ein interessanter Vergleich, wo doch viele *Sie* den neuen Joseph Goebbels nennen.«

Ihre Blicke trafen einander. König hatte wunderschöne Augen. Grüne Smaragde, die das Gegenüber durchdrangen.

»Ich bin PR-Berater«, stellte Christian richtig. »Mit Goebbels habe ich nichts zu tun, und will ich auch nichts zu tun haben.« Er warf einen Blick auf das Blatt Papier, das seine Assistentin ihm gegeben hatte. »Darum fürchte ich auch, dass ich Ihre Kampagne nicht übernehmen kann.«

König strich sich eine blonde Strähne hinter das Ohr. »Warum nicht?«, fragte sie.

»Weil ich die AfD widerlich finde«, sagte Christian offen. »Außerdem ist meine Frau bei den Grünen. Wenn ich Sie vertrete, kann ich mir zu Hause einiges anhören.«

Herbert Kingl plusterte sich auf. »Siehst du, Helene!«, schimpfte er. »Ich habe dir doch gesagt, dass wir unsere Zeit verschwenden. Diese PR-Fritzen sind nutzlos. Sie zwingen einem ohnehin nur eine Maske auf. Die Wähler durchschauen solche Spiele sowieso.«

Christian konnte Herbert Kingls Meinung eigentlich gleichgültig sein, aber er wollte diesen Vorwurf dennoch nicht auf sich sitzen lassen. »Ganz im Gegenteil«, stellte Christian klar. »Meine Kampagnen sind niemals eine Maske. Ich beurteile jede Person nach ihrem Potential und nach ihren Stärken und versuche, diese Stärken zu verdeutlichen. *Darum* bin ich der Beste in meinem Gebiet und darum sind Sie heute hier.«

Kingl kniff feindselig die Augen zusammen. »Das behaupten *Sie*. Aber Sie kommen ja nicht in Verlegenheit, es zu beweisen!« Er wandte sich an Frau König. »Komm Helene. Lass uns gehen.«

König legte ihrem Begleiter beruhigend die Hand auf die Schulter. »Keine Sorge«, sagte sie gelassen. »Herr Jäger will uns nur testen.«

Christian sah auf. Vielleicht hatte er sie unterschätzt. »Wie kommen Sie darauf?«, fragte er.

Ihre Augen schimmerten spöttisch. »Sie hätten uns kaum getroffen, wenn Sie sich nicht zumindest ein Bild von uns machen wollten. Sie können den Auftrag also nicht von vornherein ausgeschlossen haben.«

Christian nickte. »Ich wollte hören, was Sie zu sagen haben.« Er sah sie auffordernd an.

Doch anstatt zu antworten, gab König ihrem Begleiter ein Handzeichen.

Kingl holte sofort eine Mappe hervor und schlug sie auf. »Das sind die neusten Sonntagsfragen«, sagte er und deutete auf ein Blatt. »Die AfD liegt bei etwa 12 %. Weit hinter den Grünen.« Er sagte das in einem Tonfall, als würde der Gedanke, hinter den Grünen zu liegen, ihm die größten Qualen bereiten.

Christian zuckte die Schultern. »Ich bin überrascht, dass es immer noch 12 % sind.«

Helene König sah ihn an. »Sie lehnen uns ab«, stellte sie fest. »Warum?«

»Warum?« Die Frage war so absurd, dass Christian einen Augenblick über die Antwort nachdenken musste. »Sie hetzen die Leute auf«, sagte er. »Sie machen bestehende Ängste größer und verstärken sie, um Wählerstimmen zu bekommen.«

Zu seiner Überraschung nickte Frau König. »Ja, das war die Strategie meiner Partei. Aber damit stecken wir fest. Mit Angst kommt man in Zeiten wie diesen nicht weit. Ich will einen neuen Aufbruch.«

Christian zog die Augenbrauen hoch. »Sie wollen die rechten Themen aufgeben?«

Sie winkte ab. »Natürlich nicht. Aber ich will die AfD erneuern.« Königs Augen schimmerten. »Wir sprechen wichtige Themen an«, sagte sie begeistert. »Im Bereich der Zuwanderung sind alle anderen Parteien unserer Leitlinie gefolgt. Wir haben die richtigen Positionen, wir formulieren sie nur falsch. Zu negativ. Wir sollten positiv sein. Keine Hassworte, keine braunen Rülpser. Wir sollten eine Partei sein, der sich die Menschen gerne und mit einem guten Gefühl anschließen. Das ist derzeit unser Problem. Es gelingt uns nicht, den Wählern ein gutes Gefühl zu vermitteln.«

Christian wusste nicht, was er darauf sagen sollte. »Sie wollen die AfD erneuern?«, wiederholte er.

Helene König nickte. »Ja. Wir brauchen eine moderne Rechtspartei, die die Zukunft gestaltet und Ideen einbringt. Die ihre Worte im Griff hat. Die zentral geführt wird und in der es keinen Platz für Leute wie Höcke gibt.« Christian sah aus dem Augenwinkel, dass Herbert Kingl das Gesicht verzog. Zweifellos behagte ihm das Wort *modern* nicht.

König strich sich die blonden Haare zurück. »Sie sagen, dass Sie die AfD ablehnen. Gut. Dann haben Sie umso mehr Grund, mir zu helfen, die Partei zu verändern.«

König verstand es, hervorragend zu argumentieren. Sie schien ein natürliches Talent dafür zu haben, ihr Gegenüber auf ihre Seite zu ziehen. Doch so leicht ließ

Christian sich nicht beeinflussen. Er hob das Positionspapier, das König ihm geschickt hatte, in die Höhe. Es beinhaltete Königs Hauptforderungen und politische Ziele.

»Sie fordern dasselbe wie die bisherige AfD«, stellte Christian fest. »Teilweise sind Sie sogar radikaler. Sie fordern die Remigration der hier lebenden Zuwanderer.« Er hob die Augen. »Warum glauben Sie, dass ich solche Forderungen unterstützen würde?«

König lächelte. »Weil Sie ein Künstler sind«, sagte sie. »Ich will die nächste AfD-Spitzenkandidatin werden. Ich will Parteichefin werden. Ich will eine Kampagne lostreten, die es so in Deutschland noch nicht gegeben hat. Mit mir haben Sie die Möglichkeit, Geschichte zu schreiben.«

Ihr Blick war so intensiv, dass Christian sich gegen seinen Willen abwenden musste.

»Ich glaube, das reicht mir für einen ersten Eindruck«, sagte er.

Sie erhob sich ohne jeden Kommentar. König schien genau zu wissen, wann sie genug gesagt hatte. Mit einem Nicken ging sie zur Tür. Nur Herbert Kingl schien nicht ganz zu begreifen, was vor sich ging. »Was ist denn jetzt?«, fragte er und schaute vom Tisch zur Tür. »Heißt das, Sie werden die Kampagne übernehmen?«

König antwortete an Christians Stelle. »Das heißt, er wird sich die Sache durch den Kopf gehen lassen und sich in einigen Tagen bei uns melden.« Sie ließ ihre weißen Zähne blitzen. »Ich erwarte Ihren Anruf, Herr Jäger.«

Damit gingen die beiden zur Tür hinaus.

Christian blieb allein in seinem Büro zurück. König wollte sich im März um den Vorsitz ihrer Partei bewerben. Er hatte sie sich ansehen, aber ihre Kampagne nicht wirklich übernehmen wollen. Warum auch? Er hatte mit der AfD nichts am Hut.

Ich kann nicht leugnen, dass sie eine gewisse Ausstrahlung hat. Diese Augen ...

Nachdenklich betrachtete er Helene Königs Positionspapier. Einige Forderungen waren radikal. Doch wenn man sie anders verpacken würde ...

Mit mir haben Sie die Möglichkeit, Geschichte zu schreiben.

Christian lehnte sich in seinen Stuhl zurück.

Sein Verstand arbeitete fieberhaft.

***

»Das *kannst* du nicht ernst meinen.«

Seine Ehefrau Mia blickte Christian mit einer Mischung aus Entsetzen und Ungläubigkeit an.

Er hob abwehrend die Hände. »Ich meine gar nichts. Ich habe nur gesagt, dass ich darüber nachdenke.«

Doch das schien sie nicht zu beruhigen. Im Gegenteil.

»Du solltest *nicht* darüber nachdenken«, sagte sie entschieden. »Du hast gesagt, du triffst dich nur mit diesen Freaks, damit wir uns über sie lustig machen können!«

Sie standen in der Küche ihres Hauses. Mia presste eben ein paar Orangen aus. Mia und Christian kamen beide aus kleinbürgerlichen Verhältnissen, doch Christian hatte in den letzten Jahren einen atemberaubenden finanziellen Aufstieg erlebt. Ihr Haus war eine Villa, die direkt am Berliner Wannsee lag. Als sie die Villa gefunden hatten, war sie weitgehend heruntergekommen gewesen. Doch mit unermüdlicher Tatkraft hatte Mia sie innerhalb von zwei Jahren in ein stilvolles Zuhause verwandelt. In die perfekte Mischung aus Eleganz und Gemütlichkeit.

Mia und Christian stritten nicht oft. Worüber auch? Sie waren Erwachsene, die ihre täglichen Emotionen beherrschen konnten, und in den großen Fragen waren sie sich einig. Sie teilten dieselben Werte, reisten gerne an exotische Orte und hatten schon entschieden, dass sie in ein paar Jahren Kinder bekommen wollten. Worüber sollten sie also streiten?

Doch jetzt schien es, als stünde ein Streit unmittelbar bevor.

Christian versuchte, die Lage zu beruhigen. »Wie gesagt«, sagte er. »Nichts ist entschieden. Ich denke darüber nach und wollte dich an meinen Überlegungen teilhaben lassen. Aber wenn du findest, dass du mir vorschreiben kannst, welche Aufträge ich annehmen kann ...«

Mia strich sich durch die lockigen Haare. »Du weißt genau, dass ich dir nicht vorschreibe, was du zu denken hast«, sagte sie sofort. Das tat sie natürlich nicht. Mia war eine aufgeklärte, moderne Frau. Sie arbeitete als Lehrerin an einer Waldorfschule und rühmte sich mit ihrer Toleranz und Offenheit. *Diese* Sache schien ihre Offenheit jedoch auf eine harte Probe zu stellen. »Ich verstehe einfach nicht, wie ... wie kannst du überlegen, diesen Menschen zu helfen?«

Christian zögerte. Ihre Ehe funktionierte, weil sie einander immer die Wahrheit sagten. Sie verbargen nichts voreinander. Sie kannten einander in- und auswendig. Doch die Wahrheit ließ sich nicht immer leicht verkraften.

»Es wäre eine einzigartige Karrierechance für mich«, gab Christian zu.

Mia zog die Augenbrauen hoch. »Seit wann hast du es nötig, dich um Geld zu kümmern? Die Firmen stehen Schlange, damit du ihre Kampagnen koordinierst.«

»Es geht nicht ums Geld.« Er hob die Hände. Plötzlich rang er um die richtigen Worte. »Ich mache Kampagnen. Ja. Ich verkaufe Produkte. Aber was bewirke ich? Welchen Einfluss habe ich? Wie verändere ich die Gesellschaft? Wenn ich Erfolg habe, dann kaufen die Leute Shampoo A statt Shampoo B. Ist das alles, was ich in meinem Leben erreichen kann?«

Mia legte eine neue Orange in die Presse und drückte kräftig zu. »Und was erreichst du, wenn du irgendeine Nazischlampe unterstützt? Du weißt doch, wie diese Leute sind! Sie bekämpfen alles, was gut und anständig.«

Christian fuhr sich mit der Zunge über die Lippe. »Fragst du mich gerade ernsthaft, ob ich Hass, Ignoranz und Fremdenfeindlichkeit verbreiten will?«

»Natürlich nicht! Aber ...« Sie hob hilflos die Hände. »Aber deine Karriere kann dir nicht so wichtig sein, dass du es tun würdest. Oder?«

Christian schüttelte den Kopf. »Nein, nein. Aber darum geht es gar nicht.« Er suchte nach der richtigen Formulierung und fand sie nach einer Weile. »Ja, ich lehne die Positionen der AfD ab«, begann er langsam. »Aber diese Positionen gehen nicht weg, nur weil wir sie ignorieren. Manche Menschen denken rechts und wir werden sie niemals davon abbringen.« Davon war Christian überzeugt. Man konnte einen Menschen nur bis zu einem gewissen Grad mit Argumenten überzeugen. Trieb man es zu weit, blockierte das Gegenüber, egal, was man ihm sagte. Das war ein natürlicher Instinkt. Kein Mensch konnte jeden Tag sein Weltbild ändern.

Mia schien nicht überzeugt. »Du willst sie also stattdessen in ihrer Denkweise bestärken?«, fragte sie mit verschränkten Armen.

Christian spürte Ärger in sich aufsteigen. »Herrgott Mia, ich will Schlimmeres verhindern! Helene König will die AfD modernisieren und zumindest die Sprache der Partei verändern.«

»Nur weil sie sich davon mehr Wähler verspricht!«

»Und?«, fragte Christian. »Eine gemäßigtere AfD ist für alle besser als eine radikale. Es heißt, dass Björn Höcke Morgenluft wittert und sich um den Parteivorsitz bewerben will! Was ist dir lieber? Eine sprachlich gemäßigte AfD oder eine Höcke-Partei?«

Mia zögerte. Zum ersten Mal schien sie ihm zuzuhören. »Du klingst, als ob du dich bereits entschieden hättest«, sagte sie und stellte zwei Gläser frischgepressten Orangensaft auf die Bar.

Christian schüttelte den Kopf. »Noch nicht. Zuerst überlege ich mir, wie ich es überhaupt angehen müsste. Danke«, sagte er dann und griff nach einem der Gläser.

Mia seufzte. Sie sah *gar* nicht glücklich aus. »Was weißt du denn überhaupt über diese Helene König?«, fragte sie.

Christian setzte das Glas an seine Lippen und nahm einen genießerischen Schluck.

»Nichts«, sagte er und stellte das Glas zurück auf die Bar. »Aber sobald ich im Büro bin, absolut alles.«

Trotz seiner intelligenten Kampagnen, mit denen er in den letzten Jahren sehr erfolgreich gewesen war, leitete Christian nur eine kleine Marketingagentur. Er hatte die *PR-Agentur Jägers* vor sieben Jahren, nach dem Abschluss seines Marketing- und seines Rhetorikstudiums, gegründet.

Zu Beginn hatte er nicht mehr als ein verstaubtes Einzimmerbüro in einem heruntergekommenen Gewerbegebiet und außer einer gut gemachten Website keine Referenzen vorzuweisen gehabt. Jetzt lag sein Büro in Berlin Mitte und zu ihren Kunden gehörten die wichtigsten Firmen und Persönlichkeiten Deutschlands.

Dennoch hatte Christian die Agentur klein gehalten, denn er nahm nie mehr als einen Kunden zur gleichen Zeit an. Diesem einen Kunden widmete er jedoch seine volle Zeit und Aufmerksamkeit. Manchmal fragten ihn Kollegen und Bekannte, warum er seine Agentur nicht vergrößere. Mit seinem Ruf könne er leicht eine riesige Firma auf die Beine stellen. Er könne reich werden.

»Wozu?«, fragte Christian bei solchen Gelegenheiten. Er wollte nicht reich werden. Er wollte einzigartige Kampagnen, die den Leuten im Gedächtnis blieben, erschaffen. Geld verdiente er auch so genug.

Ein paar Mitarbeiter hatte er mit den Jahren trotzdem eingestellt. Zuerst Bianka, seine älteste Mitarbeiterin und zudem unheimlich gerissene Sekretärin. Zu Beginn hatte die Agentur nur aus Bianka und ihm bestanden. Christian erinnerte sich gerne an diese ersten Jahre zurück. Große Firmen hatten damals keinen Blick für *Jägers* übriggehabt. Ihr erster Kunde war eine lokale Restauranteröffnung gewesen. Das Werbebudget: 500 Euro.

Doch sie hatten sich hochgearbeitet. Hatten ihre wenigen Gelder effizient genutzt. Hatten provoziert und Aufmerksamkeit generiert, bis ihre Kunden größer und ihre Kampagnen aufwendiger wurden. Dann hatten sie auch neue Mitarbeiter angeworben. Nadine, eine kluge Analytikerin, hatte noch als Studentin bei ihnen angefangen.

Jetzt war Nadine für die Datenanalyse ihrer Kampagnen und Statistiken zuständig. Ihr jüngster Neuzugang war erst vor wenig mehr als einem Jahr zu ihnen gestoßen. Michael, ein ambitionierter Marketingabsolvent und Christians Assistent.

Als Christian die Tür zu seinem Büro aufstieß, saßen seine drei Mitarbeiter, Nadine, Bianka und Michael, schon im Arbeitszimmer und tranken Kaffee. Christian liebte ihr neues Büro. Mit derselben Energie, mit der Mia ihr Haus in eine Oase der Gemütlichkeit verwandelt hatte, hatte Christian sein Büro zu einem Ort der Kreativität gemacht. Exotische Pflanzen standen in allen Ecken und große, futuristisch gebogene Arbeitstische boten ausreichend Platz zum Arbeiten.

»In fünf Minuten im Konferenzraum«, sagte Christian anstatt einer Begrüßung.

Der Konferenzraum war ein eigener Saal, der nur durch eine Glastür mit dem Hauptraum verbunden war. Christian hatte auf eine Glastür bestanden. Denn wenn sich zwei Leute im Konferenzraum trafen, sollte ein Dritter nicht davor zurückschrecken, dazuzukommen und eigene Ideen einzubringen. Der Konferenzraum war der Platz, an dem sein Team neue Kampagnen besprach. Sein Leben lang hatte Christian gehört, dass man für Erfolg hart arbeiten müsse. Er war anderer Ansicht. Nicht harte, sondern kluge und effiziente Arbeit machte sich bezahlt. Die richtige Idee im richtigen Augenblick war mehr wert als tausende geistlos im Büro abgesessene Stunden. Diesen Ansatz versuchte Christian, mit der Gestaltung ihres Konferenzraums zu verwirklichen. Darum fanden sich hier unter anderem eine Minibar mit frischen Getränken, alternative Sitzkissen und eine große Tafel, auf der sie Ideen niederschrieben.

Vor dieser Tafel wartete Christian, während seine Mitarbeiter mit Kaffeebechern in der Hand Platz nahmen.

Wie weit sie es gebracht haben, dachte er stolz. *Vor einem Jahr waren sie noch Kinder. Mit Ausnahme Biankas natürlich. Jetzt sind sie es gewohnt, mit den Firmenchefs des Landes zu verhandeln.*

Christian stellte sich vor Bianka, die Älteste in der Runde, die seinen Blick gelassen erwiderte. »Vor drei Tagen habe ich euch eine Frage gestellt«, sagte Christian. »Jetzt will ich die Antwort hören:

Wer ist Helene König?«

Michael strich sich mit dem Handrücken über das Gesicht. Er versuchte seit einigen Wochen, sich einen Bart stehen zu lassen. Vermutlich, um männlicher zu wirken und so von Kunden ernster genommen zu werden. Bislang aber war das Ergebnis recht kümmerlich. Wahrscheinlich lag es an seinen blonden Haaren. Ein blonder Bart sah bei jungen Männern stets ein wenig seltsam aus.

Michael holte einen ganzen Berg von Akten hervor und stapelte sie auf dem Tisch vor sich. »Helene König stammt aus einem alten Adelsgeschlecht«, las er von einem Zettel ab. »Den von Kroningens. Ihre Familie ist reich und ...«

Christian winkte ab. »Jeder Praktikant kann ihren Lebenslauf herausfinden«, sagte er wegwerfend. »Ich kenne die Details. Sie hat Thomas König geheiratet, ist geschieden, hat eine zwölfjährige Tochter. Das alles weiß ich längst. Ich weiß auch, dass ihre Familie mehr als genug Geld hat, um eine massive Werbekampagne zu finanzieren, und dass sie mit einigen reichen Industriellen in diesem Land befreundet ist. Potentielle Spender.« Er verdrehte die Augen. »Das alles sind Fakten. Rohe

Daten. Was ich von *euch* will, sind Analysen. Kann Helene König das werden, was sie werden muss, um diese Kampagne zu einem Erfolg zu führen?« Christian machte einen Schritt zum Fenster und sah hinunter auf die belebte Einkaufsstraße. »Kann sie die Massen begeistern?«, fragte er dann. »Kann sie sowohl die Radikalen in der AfD als auch die Gemäßigten in der Bevölkerung ansprechen?«

Michael klappte den Mund zu und ließ hilfesuchend die Augen umherwandern. Christian wandte sich an Nadine, seine Analysefrau, die oft so sexy gekleidet war, dass sie manchem Kunden den Kopf verdrehte. Heute trug sie ihre langen schwarzen Haare zu einem Zopf zusammengebunden und ebenfalls schwarze Jeans. In der Regel wusste Nadine alle Fragen zu beantworten, doch jetzt schüttelte sie den Kopf. »Ich habe nicht genügend Daten für eine Analyse«, gestand sie. »Spender, ja. König hat auch den Vorteil, eine Frau zu sein. Frauen tun sich statistisch gesehen leichter, in der AfD aufzusteigen, vermutlich weil sie von den Männern nicht als Bedrohung gesehen und als Gegner unterschätzt werden. Aber darüber hinaus ...« Sie zuckte mit den Schultern.

Christian wandte sich ab. Er sah sich nicht nur als Chef, sondern auch als Lehrer. Ein guter Lehrer fragte nicht nach Fakten. Er fragte vielmehr danach, ob seine Schüler die tieferen Zusammenhänge verstanden. Hinter sich konnte er hören, wie Bianka ihre Kaffeetasse abstellte.

»Helene König ist die richtige Frau für dich«, sagte Bianka und klang beinahe gelangweilt. »Wenn dir egal ist, dass sie eine Rassistin ist«, warf Nadine zynisch ein.

Christian drehte sich um. »Wie kommst du darauf?«

»Auf die Rassistin?«

Er winkte ab. Frau König war in der Partei der besorgten Bürger. Jeder wusste, *worüber* diese Bürger besorgt waren. »Dass sie die richtige Frau ist. Was ist deine Analyse, Bianka?«

Die Sekretärin lehnte sich zurück. Anders als Michael, der oft nervös wirkte, strahlte sie eine Aura des Selbstvertrauens aus. »Sie ist schön«, sagte Bianka. »Die Leute mögen sowas. Die Deutschen sehnen sich nach ein wenig Glamour.«

»Wenn es nur nach dem Aussehen ginge, wäre Christian Lindner der nächste Kanzler«, sagte Nadine.

»Oder Robert Habeck«, fügte Christian hinzu. »Aussehen ist nicht alles.«

»Nein.« Bianka trank einen Schluck. »Aber es schadet auch nicht.« Sie räusperte sich. »König kann reden. Ich habe mir einige ihrer Vorträge angehört. Sie argumentiert gut, am Ende muss man ihr fast zustimmen.«

Die anderen starrten sie sprachlos an. »Ihr zustimmen?«, fragte Nadine entsetzt.

Bianka zuckte gleichgültig die Schultern. »Ich bin eine alte Frau«, sagte sie und deutete auf ihre grauen, im Nacken zusammengebundenen Haare. »Ich darf mich nach einfacheren Zeiten sehnen.«

Christian beendete die aufkommende Diskussion mit einer Handbewegung. »Eure politischen Haltungen sind mir egal«, sagte er. »König kann reden und sieht gut aus. Aber ist sie angreifbar? Hat sie eine dunkle Vergangenheit?«

Michael richtete sich auf. Bei ihm bedeutete das, dass er schlagartig alle anderen überragte. Michael war ein riesiger Kerl, der nicht durch jede Tür hindurch kam. Wenn er erst einmal älter und selbstbewusster wäre, würde er allein durch seine Größe Autorität ausstrahlen.

»Sie hat keine dunkle Vergangenheit«, sagte Michael. »Keine Skandale. Sie kommt zwar aus einer konservativen Adelsfamilie, aber war vor der AfD nie in rechten Kreisen unterwegs. Es gibt auch keine Skandale oder dummen Wortmeldungen wie bei Höcke oder anderen.«

»Wie kam sie überhaupt zur AfD?«, fragte Christian. »Sie sitzt mittlerweile ja sogar für die Partei im Bundestag.«

»Sie hat Wirtschaft studiert«, sagte Nadine. »Und hielt den Schuldenschirm für Griechenland und Portugal für einen Rechtsbruch. Sie war kurzzeitig in der FDP, ist dann der Lucke-AfD beigetreten und hat sich dort radikalisiert. Die Euro-Rettung ist ihr mittlerweile egal. Ihre zentralen Fragen sind Zuwanderung und die Rolle der Frau im Islam.« Nadine machte eine verächtliche Mundbewegung. »Sie sieht sich als Verteidigerin des Feminismus.«

Des Feminismus? Christian horchte auf. Eine rechte Frau, die sich als Feministin bezeichnete, könnte Aufmerksamkeit generieren. Menschen, die scheinbar widersprüchliche Ansichten in sich vereinten, weckten stets Interesse.

Christian trat an die Tafel und schrieb *ZIELE* in Großbuchstaben an die Tafel. »Michael. Wenn du die Kampagne für Frau König leiten würdest. Wie würdest du die Sache angehen?«

Michael war talentiert. Er hatte gute Ideen und besaß einen wachen Verstand. Einige ihrer besten Slogans und Werbesprüche stammten von ihm. Doch trotz seiner Vorzüge wäre er mit der Leitung einer Kampagne noch überfordert. Gerade deswegen wollte Christian ihm in dieser Hinsicht mehr Verantwortung übertragen.

Michael ließ sich mit seiner Antwort Zeit. Das war gut. Noch vor einem Jahr hätte er sofort losgeplappert. Jetzt dagegen dachte er zuerst ausgiebig nach, ehe er zu sprechen begann. »Helene König will sich im März um den Parteivorsitz der AfD und die Spitzenkandidatur für die Bundestagswahl bewerben«, sagte er und leckte sich über die Lippen. »Das bedeutet, unsere Kampagne müsste sich zuerst an die AfD-Basis richten. Sie muss Höcke und andere Kandidaten im internen AfD-Duell besiegen.«

Nadine und Bianka nickten. »Das wird nicht einfach«, gab Nadine zu bedenken. »In der AfD hat noch keiner mit moderaten Tönen gewonnen. Dort setzt sich in der Regel der größte Schreihals durch.«

Bianka schob die Unterlippe vor. »Manche sagen auch: die Person mit der stärksten Botschaft«, meinte sie und klang etwas verärgert.

Nadine zuckte die Achseln. »Nenn es, wie du willst. Aber seit Jahren gewinnt in der AfD niemand gegen den rechten Flügel.«

»Also Michael?«, fragte Christian. »Der größte Schreihals gewinnt. Aber Helene König will ihre Worte mäßigen. Wie setzt sie sich trotzdem durch?«

Michael zögerte. »Ich weiß es nicht.«

Auch das hatte Christian ihm beigebracht. Wenn man die Antwort auf eine Frage noch nicht wusste, war es besser, sich das einzugestehen, als sich selbst und andere mit irgendwelchen halbgaren Lösungen zu belügen. Offen sagen zu können, man wisse es nicht, erforderte Größe.

»Aber *ich* weiß es.« Christian strich sich durch die Haare. Sie reichten ihm schon bis an die Ohren, er würde sie bald schneiden müssen. »Nadine. Bianka. Ihr habt beide recht. Der größte Schreihals oder auch die Person mit der stärksten Botschaft gewinnt. Das ist eine Tatsache, an der wir nichts ändern können. Auch wenn König gemäßigt ist. Sie *muss* diese Person sein. Sie braucht eine Botschaft!«

Nadine sah skeptisch drein. »Was für eine Botschaft soll das sein?«

»Warum denkt ihr, hat Trump damals 2016 die Vorwahl bei den Republikanern gewonnen?«, stellte Christian die Gegenfrage. »Trump war nicht der einzige Rechte. Er war nicht der einzige Populist. Trotzdem hat er seine Konkurrenten davon gefegt. Jeder hat *nur* über ihn gesprochen.«

Christian wartete ihre Antworten nicht ab. Seine Gedanken hatten an Fahrt gewonnen. Er spürte die Aufregung, die ihn immer dann überkam, wenn er eine neue Kampagne vorbereitete. »Wegen der Mauer«, sagte er und schrieb *the wall* auf die Tafel. »Jeder kannte die Mauer. Jeder hat sich dazu geäußert. Jeder andere Kandidat wurde gefragt, was er von der Mauer hält. Trump hatte eine klare Forderung, die ihn von den anderen abgegrenzt hat. Wo andere mehr Grenzschutz sagten, sprach Trump von der Mauer. Eine einzige Forderung, die alle Zuwanderungsgegner mobilisiert und zu seinen Fahnen gerufen hat.«

Nadine rümpfte die Nase. »Ich dachte, König wollte gemäßigt sein. Klug und elegant auftreten. Trump ist wohl das genau Gegenteil.« Sie fuchtelte mit den Händen und ahmte Trumps Stimme nach: »Puerto Rico is an island surrounded by water. Big water, ocean water.«

»Trumps Stil könnte in Deutschland keinen Erfolg haben«, stimmte Christian zu. »Aber das heißt nicht, dass wir nichts von seiner Kampagne lernen können. Wir brauchen eine Forderung wie die Mauer. Etwas, das man mit Helene König verbindet. Etwas Gewagtes, worüber jeder spricht, damit jeder über *sie* spricht.«

Er dachte an die Liste mit Königs bisherigen Forderungen. Plötzlich kam ihm eine Idee.

»Ich kenne diesen Gesichtsausdruck«, sagte Bianka. »Woran denkst du?«

Christian wandte sich ab. »Zu früh«, sagte er und griff nach seinem Kaffeebecher. »Ich muss nachdenken.«

Er ging zur Tür. »Die Besprechung ist zu Ende. Bringt mir die Akten in mein Büro. Nehmt euch zwei Tage frei. Ich brauche euch am Mittwoch im vollen Einsatz.«

»Heißt das, wir werden Helene König als unsere Mandantin übernehmen?« Nadines Gesicht war starr wie ein Felsblock.

Christian drehte sich um. Bislang hatte er die Antwort auf diese Frage vermieden. Auch vor sich selbst. Er blickte zur Tafel und zu den Stapeln an Dokumenten. Vor seinem inneren Auge sah er Massen von jubelnden Menschen.

Man nennt sie den Joseph Goebbels unserer Zeit.

Christian begriff, dass er seine Entscheidung in Wahrheit längst gefällt hatte.

»Ja«, sagte er. »Ja, das heißt es.« Er sah Nadines starren Ausdruck und hielt inne. »Hast du damit ein Problem?«, fragte er.

Nadine zögerte. »Wir verhindern damit Höcke oder Schlimmeres, oder?«, fragte sie schwach.

Christian nickte und legte ihr eine Hand auf die Schulter. »Ja. Ein Teil der Bevölkerung lässt sich leider leicht manipulieren. Es ist aber viel besser, diese Leute wählen Helene König als einen Björn Höcke.«

Nadine wirkte nicht völlig überzeugt, aber für den Augenblick war Christian zufrieden. Nadine brauchte sich keine Sorgen zu machen. Helene König mochte das Gesicht ihrer Kampagne sein, aber die wahre Macht würde bei ihnen liegen.

Und damit bei ihm.

***

Helene König lächelte, als wäre sie vor der Kamera geboren worden.

Christian war zufrieden. Er hatte Richard, einen Meisterfotographen, und sein Filmstudio angeworben. Zu Beginn hatte Richard sich gesträubt und davon gesprochen, dass er keine AfD-Propagandavideos drehen wollte. Jetzt aber war Richard die Professionalität in Person. Er richtete seine Kamera auf Königs Gesicht und gab ihr sanfte, aber nachdrückliche Anweisungen. »Lächeln Sie nicht zu viel«, sagte er und strich sich die wilden Haare zurück. »Sie wollen sympathisch wirken, aber auch ernst.« Richard sah zu Christian. »Sollen wir sie vor den Schreibtisch setzen?«

Der Schreibtisch war ein gewaltiges Ungetüm, das den Tischen von US-Präsidenten nachempfunden war. Eine Monstrosität, die dem, der dahinter saß, Autorität und seinem Gegenüber ein Gefühl der Unterlegenheit vermitteln sollte. Er war mit allem ausgestattet, was so ein Ding brauchte. Eine Deutschlandflagge, ein Schachbrett, diverse Bücher und Papiere, die scheinbar zufällig, in Wahrheit jedoch in perfekter Ordnung, herumlagen.

Christian schüttelte den Kopf. »Damit sich die gesamten sozialen Medien über uns lustig machen?« Er deutete auf den Raum mit dem Tisch. »Wir sind nicht mehr in den Neunzigern. Noch ist Frau König nur Bundestagsabgeordnete, wenn sie sich hinter so einen Tisch setzt, wird man das als lächerlich empfinden.«

Richard strich sich über das Kinn. »Was dann?«

»Ein einfaches Podium. Es geht um ihre Botschaft und um sie. Alles andere lenkt nur ab.«

Richard legte die Hand auf das Kinn. »Leicht abgedunkelt«, sagte er nachdenklich. »Aufnahmen von mehreren Seiten vielleicht. So, dass ihre Worte im Vordergrund stehen und ihr Gesicht. Ja genau.« Richard ging auf König zu und betrachtete sie eingehend. »Gute Haut, wundervolles Haar. Mit den richtigen Lichteffekten werden Sie wie ein Engel aussehen.«

Helene König zog die Brauen hoch. »Ein Engel? Ich hoffe nicht. Die meisten Leute mögen keine Engel, die erinnern sie nur daran, wie unvollkommen sie selbst sind.«

Christian lachte. König besaß Sinn für Humor. Das musste er ihr zugestehen.

Nur Herbert Kingl war wie immer unzufrieden. Heute trug er ein biederes Sakko. Eines von der Sorte, wie es ein Dorflehrer in den Fünfzigern getragen hätte. »Ich verstehe immer noch nicht, warum Helene ihre Ansage nicht im Bundestag machen kann«, beschwerte er sich. »Sie ist immerhin Abgeordnete! Dort hätten ihre Worte viel mehr Gewicht!«

Christian unterdrückte den Impuls, die Augen zu verdrehen. »Im Bundestag haben wir keine Kontrolle über die Kamera. Wir wollen das Video professionell machen und verbreiten.«

Er sah zu Nadine, die mitgekommen war und mit ihrem Laptop an einem kleinen Tisch saß. »Sind die Social-Media-Profile fertig?«

Nadine nickte und warf einen zögerlichen Blick zu Frau König. »Ja. Ich habe Ihre Twitter- und Facebook-Profile aktualisiert. Wir werden das Video auf Facebook posten und mit einem Budget von ein paar Tausend Euro bewerben. Dadurch sollte Frau König rasch mehr Follower und Views bekommen.«

Christian nickte zufrieden. Nadine war eine Social-Media-Expertin. Sie wusste genau, welches Produkt man mit welchen Keywords und bei welcher Zielgruppe bewerben musste. Er vertraute ihr in dieser Hinsicht völlig.

Helene König kam näher und lächelte Nadine zu. »Danke«, sagte sie freundlich. »Sie leisten ausgezeichnete Arbeit.«

Nadine sah auf. »Nun ... Gerne.«

König erwies sich als Naturtalent im Umgang mit den anderen. Mit den Jahren hatte Christian viele Erfahrungen mit Menschen gesammelt. Führungsfiguren, so hatte er dabei rasch gelernt, besaßen alle eine besondere Art und Weise, in Gruppen zu agieren. Sie verstanden sich darauf, Menschen einzubeziehen und einer zufällig zusammengekommenen Gruppe von Menschen ein Gefühl der Gemeinschaft zu geben. Genau das machte Helene König. Sie wechselte mit jedem ein paar Worte, ohne dabei aufdringlich zu sein, machte lockere Späße und lachte auch über sich selbst. Sowohl Richard als auch Nadine waren König anfangs ablehnend gegenübergestanden und Herbert Kingl stand zu Beginn mit verschränkten Armen in der Ecke, doch schon bald unterhielten sich alle locker und entspannt. Besonders Richard taute immer mehr auf.

»Sehr gut, Helene«, nannte er sie schon nach wenigen Minuten beim Vornamen. »Ihnen muss man ja fast gar nichts sagen. Sie stehen von selbst richtig dar.« Er sah zu Christian. »Ich denke, wir können beginnen.«

König stand vor einem schlichten Rednerpult und blickte in die Kamera. Ihr Lächeln war verschwunden und einem ernsten Gesichtsausdruck gewichen. Auch auf Richards Gesicht spiegelte sich jetzt reine Konzentration. Christian stand in der Ecke und beobachtete Helene König. *Jetzt beginnt die Stunde der Wahrheit. Kann sie die Menschen begeistern?*

Zwei Tage lang hatte Christian an dieser Rede geschrieben, sie an König geschickt, Änderungen vorgenommen und darauf bestanden, dass König jedes Wort auswendig lernte. Sie durfte nicht ablesen. Sie musste in der Lage sein so zu sprechen, als würde sie gerade erst formulieren. Das machte eine große Rednerin aus. Sie hatten zwei weitere Tage damit verbracht zu üben. Den Tonfall, die Sprache, die Gestik. Doch alle Übungen waren umsonst, wenn König im entscheidenden Augenblick nicht liefern konnte.

Ich habe getan, was ich konnte. Jetzt hängt es von ihr ab.

Richard winkte. »Und go!«

Helene König richtete sich auf. Sie gab der Kamera Gelegenheit, ihr Gesicht einzufangen, und dem Zuseher Zeit, sie in Ruhe zu betrachten. Erst dann begann sie ruhig und sachlich zu sprechen.

»Sehr geehrte Damen und Herren. Mein Name ist Helene König. Ich bin Mitglied des Deutschen Bundestags und ich wende mich heute an Sie«, sagte sie langsam, aber bestimmt. »Das Jahr 2021 wird ein Entscheidungsjahr in der Geschichte unseres Landes. Wir stehen an einer Kreuzung und wir sollten uns gut überlegen, welche Richtung wir einschlagen. Welche Art von Land wollen wir sein? Welche Art von Gesellschaft?«

Christian hatte die Rede bewusst langsam aufgebaut. Die meisten AfD-Politiker begingen den Anfängerfehler, viel zu schnell viel zu viele Emotionen aufzubauen. Leute wie Höcke sahen Auszüge von alten Nazireden und glaubten, dass man die Menschen für sich gewann, wenn man schreiend den Einmarsch nach Polen oder so befahl. Christian wusste es besser. Wer zu rasch schrie, der machte sich lächerlich. Bevor es zu einem emotionalen Satz kommen konnte, musste man die Zuhörer einladen. Ihnen Gelegenheit geben, sich mit dem Redner und seiner Sichtweise vertraut zu machen. Erst dann, wenn man die Zuhörer gewonnen hatte, konnte man an ihre Emotionen appellieren.

Helene König schien das zu verstehen. Sie sprach sachlich und ernst. Genau wie eine Politikerin von Weltformat sprechen musste. Christian war mehr als zufrieden. Doch die entscheidende Stelle kam erst.

»Die Eliten wollen unsere Gesellschaft verändern. Sie wollen die Art und Weise, wie wir in Deutschland zusammenleben, grundsätzlich umgestalten«, verkündete König. »Fremde Menschen mit einer fremden Kultur werden in unser Land geholt. Schritt für Schritt verwandelt sich unsere deutsche Mehrheitsgesellschaft in eine multikulturelle.« König stoppte einen Augenblick, so als würde sie nach den richtigen Worten suchen. »Und jede Kritik an dieser Veränderung wird abgelehnt und verteufelt. Wir sollen den Mund halten und zu allem ja sagen.« Jetzt wurde sie zum ersten Mal emotional. Nur ein wenig. Doch gerade deswegen war der Effekt umso größer.

»Wir sollen nicht darüber reden«, sagte sie und rang scheinbar um Worte. »Aber wir müssen darüber reden.

Wir müssen über die Veränderung sprechen, wir müssen die Veränderung diskutieren, denn nur so kann unsere Demokratie funktionieren.« König sah direkt in die Kamera. Christian wusste, dass ihre einzigartigen grünen Augen Millionen Menschen direkt anstarren würden. »Die Zuwanderung verändert unser Land, unsere Straßen, unseren Alltag. Für immer. Die Veränderung betrifft uns alle und sie kann nicht rückgängig gemacht werden.«

König traf genau den richtigen Ton. Sie sprach beinahe sanft und dennoch mitreißend. Aus dem Augenwinkel sah Christian, dass selbst Nadine gebannt auf das Podium starrte.

»Ob diese Veränderung gut ist, oder nicht, habe ich nicht zu entscheiden. Kein Politiker hat das. Entscheiden können nur Sie. Entscheiden *müssen* Sie. Die Menschen in diesem Land. Wir müssen selbst bestimmen können, mit wem wir zusammenleben wollen und mit wem nicht.« König machte eine kurze Pause. Gerade lang genug, um die Dramatik zu erhöhen.

»Darum fordere ich eine Volksabstimmung über die deutsche Zuwanderungspolitik und werde in den nächsten Wochen einen entsprechenden Antrag in den Deutschen Bundestag einbringen.« Sie fuhr sich durch die Haare. »Weil in dieser Frage nur *das Volk* und nicht die Elite entscheiden kann. Weil diese Frage zu wichtig ist, um sie der Politik zu überlassen. Weil wir das Recht haben, unsere Zukunft selbst zu gestalten.«

»Perfekt!«, rief Richard und klatschte. Christian und Herbert fielen ein. Nur Nadine klatschte nicht. Christian hatte ihr im Vorhinein nicht gesagt, dass das Video sich klar gegen die Zuwanderungspolitik richten würde.

Christian wandte sich an Richard. »Ich nehme an, wir brauchen keine zweite Version?«

Richard schüttelte den Kopf. »Das würde es nur weniger authentisch machen. Ich werde das Video bearbeiten, mich um die richtigen Effekte kümmern und es euch in einigen Tagen zusenden.«

Christian nickte. »Danke. Wir freuen uns darauf.«

König kam auf sie zu.

»Danke Christian«, sagte sie und ließ ihre Augen strahlen. »Du hast recht. Eine Forderung nach einer Volksabstimmung ist viel effektiver als die Forderung nach Remigration der nicht integrierten Ausländer.«

Er nickte. »Wenn wir Abschiebungen fordern, sind wir das Feindbild von allen. Wir gewinnen 10 %, vielleicht 15 %. Aber der Rest der Bevölkerung würde uns verabscheuen.« Christian sah instinktiv zu Nadine, die etwas betreten vor ihrem Laptop saß. »Eine Volksabstimmung ist argumentativ viel stärker. Wer kann sich darüber aufregen, dass das Volk entscheiden soll?«

»Man nennt es Demokratie«, sagte König lächelnd. Dann legte sie ihm die Hand auf den Arm. Erst jetzt bemerkte er, wie ungewöhnlich lang und schlank ihre Finger waren. »Danke«, sagte sie erneut. »Ich wusste, dass Sie der richtige Mann für diese Aufgabe sind.« Sie zog ihre Hand langsam zurück. Aus dem Augenwinkel sah Christian, wie Herbert Kingl ihm einen hasserfüllten Blick zuwarf. Zweifellos missverstand er die Situation und sah in Christian einen Rivalen. Aber missverstand er die Situation wirklich?

Während Helene König sich umwandte, um Richard für seine hervorragende Arbeit zu danken, kam Christian der Gedanke, dass er es bei König vielleicht mit einer

Meisterin der Manipulation zu tun hatte, die ihm ebenbürtig sein könnte.

***

Die Vorbereitungen für das Video nahmen eine ganze Woche in Anspruch. Christian wollte das Video zur besten Social-Media-Zeit präsentieren. Doch darüber, was die beste Zeit war, lieferten sich Social-Media-Experten seit Jahren heftige Debatten. Manche schworen auf den Mittwochabend, andere auf das Wochenende. Christian entschied sich für einen regulären Samstagvormittag. Damit gab er den AfD-Anhängern Zeit, das Video das Wochenende über anzusehen und zu teilen, und den Medien die Gelegenheit, die Story in der nächsten Woche aufzugreifen.

Am Freitag vor der Veröffentlichung rief Christian sein Team zusammen mit Helene König und Herbert Kingl in ihren Konferenzraum. Es war das erste Mal, dass sie alle zusammentrafen. Christian hatte darauf bestanden. Sie würden in den nächsten Wochen das Kampagnenteam für Helene Königs Bewerbung um den AfD-Parteivorsitz bilden. Es war wichtig, dass sie einander kennenlernten und vertrauten.

Nadine stand der AfD immer noch feindselig gegenüber. Sie hatte Christian irgendwann zugemurmelt, dass sie König ihre freundliche Art nicht abkaufte. Doch abgesehen davon, dass Helene König nett und zu zuvorkommend war, konnte Nadine keine Beschwerden vorbringen. Also saß Nadine einfach an ihrem Tisch, analysierte Daten und ging König weitgehend aus dem Weg.

Anders als Michael und Bianka. Als Helene König durch die Tür eintrat, lief Michael so rot an wie ein Schuljunge. Michael war fünfundzwanzig, König zehn Jahre älter, doch sie hatte zweifellos eine umwerfende Aura. Michael schien angesichts ihrer Schönheit nicht so recht zu wissen, wie er sich verhalten sollte. Christian, der nichts mehr liebte, als soziale Interaktionen zu studieren, beobachtete fasziniert, wie Michaels Tonfall ständig zwischen Unterwürfigkeit und professioneller Distanziertheit hin und her wechselte.

Am einfachsten hatte König es mit Bianka. »Guten Tag, Frau König«, sagte diese zur Begrüßung. »Ich habe Ihr Video gesehen. Die Forderung nach einer Volksabstimmung finde ich klasse. Meine Stimme haben Sie.«

»Na, na, Bianka«, mischte Christian sich ein. »Noch ist Frau König ja nicht Spitzenkandidatin der AfD.«

»Stimmt«, sagte König. »Ich habe auch meine Kandidatur für den Parteivorsitz noch nicht verkündet.« König sah zu Christian. »Warum eigentlich nicht?«

»Medias in res, ich sehe.« Christian deutete auf Michael. »Mein Assistent wird es Ihnen erklären.« Damit setzte sich Christian auf einen Stuhl. Auch König und Kingl nahmen Platz. Michael stand plötzlich alleine vor der Tafel.

Es ist nicht einfach, unvorbereitet einen Vortrag halten zu müssen. Vor allem nicht vor seinem Chef und vor einer Klientin, die noch dazu eine atemberaubend schöne Frau ist.

Michael schluckte tief. »Unsere Kampagne hat mehrere Ebenen«, erklärte er. »Wir müssen Sie, Frau König, zuerst in die Medien bringen. Die Zeitungen werden dann ganz von selbst darüber spekulieren, ob sie nicht vielleicht für den AfD-Parteivorsitz kandidieren könnten. Aber zuerst müssen wir eine Graswurzelbewegung aufbauen.«

König nickte. »Der Parteitag wird im März stattfinden. Wir haben nur zwei Monate ...«

»Mehr als genug Zeit«, versicherte Michael. »Ich und Nadine haben die Social-Media-Kampagne fixiert. Wir bewerben Ihr Video auf Facebook bei allen, die die AfD und andere rechte Seiten geliked haben. Viele werden das Video teilen und so weiter verbreiten.«

König hörte geduldig zu, wie Michael die Details ihrer Kampagne und ihre weiteren Schritte verkündete. Doch als Michael fertig war, sah König auf. »Das bedeutet, unsere Kampagne hängt vollkommen davon ab, dass dieses Video sich verbreitet?«, fragte sie.

Michael sah zu Christian. Der stand auf. »Gut gemacht«, flüsterte er Michael zu. Dann deutete er auf die Tafel. »Wir haben eine komplizierte Werbekampagne entwickelt. Wenn das Video sich nicht verbreitet, werden wir das Werbebudget erhöhen und ...«

Helene König zog die Augenbrauen hoch. »Ich wiederhole. Das bedeutet, *alles* hängt davon ab, ob das Video sich verbreitet?« Königs Blick war hart wie Stahl. Man konnte dieser Frau nichts vormachen.

»Ja«, gestand Christian. »Alles hängt vom Videolaunch morgen ab.«

Königs Zunge fuhr über ihre roten Lippen. »Dann uns allen viel Glück.«

Ehe Christian an diesem Tag nach Hause fuhr, hielt er an einem Gewächshaus an. »Haben Sie Sonnenblumen?«, fragte er die Dame am Verkaufsstand. Es war ein junges Mädchen, das eben noch eifrig in ihr Handy getippt hatte. »Sonnenblumen?«

»Die großen Gelben.«

»Ich weiß, was Sonnenblumen sind. Wir haben welche. Aber Rosen haben wir im Angebot.« Sie deutete auf ein Schild, auf dem *Zwei für drei* stand.

»Danke, aber meine Frau zieht Sonnenblumen vor. Sie braucht ein wenig Wärme.«

Das Mädchen nickte und warf einen verächtlichen Blick auf die Straße, auf der sich die Schneemassen türmten. »Ich hoffe, der Winter endet bald.« Sie lachte. »Dieser blöde Klimawandel soll sich mal beeilen.« Sie ging nach hinten und ließ Christian nachdenklich zurück.

»Glauben Sie denn nicht an den Klimawandel?«, rief er ihr nach.

Sie kam zurück. Fünf Sonnenblumen in der Hand. »Ich habe die Schönsten für Ihre Frau herausgesucht. Ich hoffe, sie muntern sie ein wenig auf.« Während sie die Blumen zu einem Strauß zusammenband, ging sie auf Christians Frage ein. »Ich arbeite mit Pflanzen. Natürlich glaube ich an den Klimawandel, aber ...« Sie grinste. »Mitten im Winter kommt er mir weniger schlimm vor als im Sommer.«

Sie reichte ihm den Strauß, Christian gab ihr ein paar Euro und ging davon. *Der Klimawandel. Darüber habe ich noch gar nicht nachgedacht.* Während die meisten Deutschen den Klimawandel als die existentielle Bedrohung ihrer Zeit ansahen, kandidierte Helene König in einer Partei, die den Klimawandel als Verschwörung abtat. Das war ein Problem. Wenn die AfD jemals die Massen, und besonders die Jugend, erreichen wollte, konnte sie nicht weiter gegen Fridays For Future und ähnliche Bewegungen hetzen. Doch wenn Helene König das nicht tat, oder sich sogar offen zum Kampf gegen den Klimawandel bekannte, könnte sie Unterstützung in ihrer Partei verlieren.

Als Christian vor sein Haus fuhr, dachte er immer noch über diese Frage nach. Sie mussten irgendwie die Balance zwischen Befriedigung der AfD-Basis und einer in Deutschland mehrheitsfähigen Position finden. *Am besten vermeiden wir das Thema Klimawandel komplett. Frau König kann auf diesem Feld nur verlieren.*

Die Sonne war bereits untergegangen, doch ein warmes Licht drang aus dem Fenster im Wohnzimmer. Als Christian das Haus betrat, brutzelte ein Feuer im Kamin. Mia saß mit einer Decke vor den Flammen und las ein Buch. Das tat sie nach einem langen Arbeitstag oft.

Christian trat von hinten an sie heran. »Wirst du jemals deinen E-Reader benutzen?«, flüsterte er ihr ins Ohr.

Sie neigte den Kopf zurück. »Wer weiß«, sagte sie. »Vielleicht wenn meine Bücherregale abbrennen.« Sie küssten einander lange und innig. Christian ließ seine Hand über ihren Nacken wandern. Er konnte spüren, dass sie verspannt war.

»Hattest du einen schweren Tag?«, fragte er.

Mia schüttelte den Kopf. »Du fehlst mir nur. Immer wenn du an einer neuen Kampagne arbeitest, sehe ich dich kaum.«

Seine Lippen strichen sanft über ihre Stirn. »Ich weiß. Schau.« Er reichte ihr die Blumen. »Vielleicht muntert dich das ein wenig auf.«

Das tat es. Mia liebte Blumen. Welche Frau tat das nicht? Sie küsste ihn ein weiteres Mal und machte dann Anstalten aufzustehen. »Nein, nein«, sagte Christian rasch. »Bleib liegen. Ich stell sie schon in eine Vase.«

»Wie läuft die Kampagne?«, fragte sie ihn, während er eine Schranktür öffnete.

Christian zuckte die Schultern. »Morgen wird ein wichtiger Tag für uns.«

»Das Video.« Sie rückte ein wenig zur Seite und er nahm neben ihr Platz.

»Ja, das Video.« Es war seltsam. In der Regel besprachen sie eifrig die Details von Christians Arbeit. Er erzählte ganz genau, was er vorhatte und welche Schritte sie setzen würden. Mia hatte oft eine ganz andere Sichtweise und brachte frische Ideen ein.

Doch diesmal war alles anders. Mia vermied es, weitere Fragen zu stellen. Christian wiederum wollte keine Details erzählen. Beides hätte leicht zu einem Streit führen können. Also saßen sie stumm nebeneinander und wussten zum ersten Mal in ihrer Ehe nicht, worüber sie reden sollten.

Ob sich so all die Ehepaare fühlen, die aus Gewohnheit und Gemütlichkeit, aber nicht aus Leidenschaft zusammenbleiben? Mia und er waren niemals so gewesen. Sie tauschten sich immer angeregt aus. Nur jetzt nicht. Christian schluckte. Ihre Ehe war stark. Sie würde eine Kampagne, die seine Frau nicht glücklich machte, überleben.

Mia wandte sich wieder ihrem Buch zu und Christian schloss sie von hinten in seine Arme. Er genoss den Duft ihrer Haare und die Wärme ihrer Haut. Doch in Gedanken war er beim morgigen Tag. König hatte recht gehabt. Alles hing von morgen ab. Sie mussten Helene König irgendwie in der AfD bekannt machen. Das Video und die Forderung nach einer Volksabstimmung über die Zuwanderungspolitik waren ihre beste Chance dazu. Doch wenn das Video keinen Erfolg hätte ... Christian wollte sich beruhigen. Sie würden alles tun, damit das Video viral ging. Allerdings war das Internet oft unvorhersehbar. Trends entstanden, für die es keinen logischen Grund zu geben schien, und perfekt geplante

Kampagnen wurden verspottet oder landeten in der digitalen Versenkung. Die Realität war: Trotz aller Planung brauchten sie morgen vor allem Glück.

»Ach.« Mia richtete sich auf. »Hast du morgen Mittag Zeit?«

Christian sah an ihrem Blick, dass sie erwartete, dass er Zeit hatte. »Ja«, sagte er. »Das Video wird veröffentlicht, aber ich könnte dabei nicht mehr tun, als aufgeregt vor dem Laptop zu sitzen. Nadine und Michael kümmern sich darum.«

»Gut. Wir sind zum Essen bei meinen Eltern eingeladen. Sabine und Norbert kommen auch.«

Christian stöhnte auf, woraufhin Mia ihm rasch die Hand auf die Schultern legte. »Ich weiß, ich weiß. Du magst sie nicht.«

Er verdrehte die Augen. »Ich mag *ihn* nicht.«

Mia runzelte die Stirn. »Sie ist meine Schwester. Und er macht sie glücklich«, sagte sie schärfer, als es ansonsten ihre Art war.

»Jetzt bist du scheinheilig. Du streitest dich öfter mit Norbert als ich.«

»Stimmt nicht. Schon seit Jahren nicht mehr. Am besten ist, man lässt ihn reden. Ich dachte eigentlich, dass du dich jetzt mit ihm ganz gut verstehen würdest.«

»Jetzt?«

Sie biss sich auf die Zunge, so als würde sie ihre Worte bereuen. »Ich meine jetzt, wo du ... für diese Leute arbeitest.«

Er war so geschockt, dass er gar nicht wusste, was er sagen sollte. »Du meinst, weil ich Helene Königs Kampagne übernommen habe, finde ich plötzlich Gefallen an Norberts verrückten Verschwörungstheorien?«

Jetzt war es doch passiert. Sie hatten sich beide Mühe gegeben, einen Streit zu vermeiden, und doch starrten sie einander nun aufgebracht an. Christian atmete tief ein und beherrschte seine Gefühle. »Vermutlich stimmt es sogar«, sagte er leichthin. »Menschen wie Norbert finden sich in der AfD. Ich sollte ihm ein wenig zuhören, dann kann ich lernen, wie man solche Leute überzeugt.«

Mia warf ihm einen langen Blick zu. »Interessant, wen du neuerdings überzeugen willst.«

Damit stand sie auf und ging nach oben.

Mia und Sabine waren so unterschiedlich, wie zwei Schwestern nur sein konnten. Dabei hatten sie auf den ersten Blick viel gemeinsam. Sie kamen beide aus demselben bürgerlichen Elternhaus und arbeiteten beide als Lehrerinnen. Doch damit hörten die Gemeinsamkeiten auch schon wieder auf. Sabine war die jüngere Schwester, doch sie rauchte und trank viel Alkohol, weswegen sie viel älter aussah. Mehr noch. Wo Mia selbstbewusst und aufrichtig durchs Leben ging, zeigte Sabine sich oft schüchtern. Sie sehnte sich nach Anerkennung und fand diese bei ihrem Ehemann Norbert.

Norbert war die Sorte Kerl, mit der Christian niemals klargekommen war. Groß, muskulös, bodenständig. Ein Handwerker, der für sich und Sabine mit fleißigen Händen ein eigenes Heim gebaut hatte. Die Art von Mann, die zu allen Dingen eine Meinung hatte – und sie auch stets laut kundtat –, aber nur selten Zusammenhänge begriff oder Fakten kannte. An und für sich war Norbert kein schlechter Kerl. Es mangelte ihm nur an der Fähigkeit, zu erkennen, was er wusste und was nicht.

Mias Eltern lebten in einem Landhaus in Potsdam. Einmal im Monat luden sie ihre beiden Töchter und deren Ehemänner zu sich zum Essen ein. Mias Eltern waren sympathische, anständige Leute. Georg, ihr Vater, war ein evangelischer Priester. Ein gebildeter Mann, mit dem man über alles in der Welt diskutieren konnte, und der sich Mühe gab, die Gesellschaft ein Stück besser zu machen. Mias Mutter Anna war eine klassische Hausfrau. Sie betreute einen riesigen Garten, kochte die wundervollsten Gerichte und empfing Gäste stets mit einem Lächeln im Gesicht.

So auch heute. »Christian!«, rief Anna und hielt ihm die Wange hin. »Ich habe dich viel zu lange nicht gesehen!«

»Viel Arbeit«, sagte er.

Sie nickte verstehend. »Ja, Mia hat uns von deiner letzten Kampagne für Ferrero erzählt. Hast du schon einen neuen Kunden?«

Aus dem Augenwinkel sah er, wie Mia sich auf die Lippen biss. »Nur einen kleinen«, sagte Christian rasch.

Noch ehe Anna nachfragen konnte, hallte ein Ruf durch die Eingangshalle des Hauses. Laut, unhöflich, respektlos. »Hallo Norbert«, sagte Christian.

Norberts Bierbauch schien stetig zu wachsen und seine Fingernägel sahen wie so häufig dreckig und ungepflegt aus. Norbert reichte Christian die raue Hand. »Na komm schon, drück zu!«, spottete er. »Das kannst du doch besser!«

Christian veränderte den Druck seiner Hand nicht. »Wie geht es Sabine?«, fragte er höflich.

»Isst zu viel Kuchen.« Norbert zwinkerte ihm zu. »Bei deiner kann man das nicht sagen. Gratuliere dazu.« Damit ließ er Christian los und schloss Mia in seine schwülstigen Arme.

Es dauert nur ein paar Stunden.

Während die anderen einander begrüßten, zog Christian sich mit einer kurzen Entschuldigung in die weitläufige Bibliothek des Hauses zurück. Jetzt würde erst einmal geplaudert und geredet werden, ehe das Essen begann. Christian hatte wenigstens eine halbe Stunde Zeit. Er schaute auf sein Handy. Das Video musste vor wenigen Minuten online gegangen sein. Nadine hatte ihm eine entsprechende Nachricht geschrieben. »Launch erfolgreich. Wir verfolgen die Lage.«

»Bleibt dran«, tippte Christian.

»Arbeit?«, fragte plötzlich eine Stimme hinter ihm.

Christian steckte rasch sein Telefon ein. Er hatte nicht gesehen, dass Mias Vater Georg sich bereits in der Bibliothek befunden hatte. Sein Schwiegervater war ein alter Mann mit weisen, gütigen Augen und einer Rundbrille. Er war der typische Bildungsbürger. Hauptberuflich war er Pastor und hatte schon in der DDR gegen den Staat gepredigt und verbotene Treffen abgehalten.

»Nur ein kurzer Check. Hallo Georg.«

Sie umarmten einander. Dann sah Georg Christian besorgt an. »Mia hat mir von deiner neuen ... Kampagne erzählt.« Georg winkte ab. »Keine Sorge, meine Frau weiß nichts davon. Es hat keinen Sinn, das zu einem Thema zu machen. Es reicht schon, dass ich mir den rechten Unsinn von einem meiner Schwiegersöhne anhören muss.« Er richtete seine Rundbrille und sah Christian sorgenvoll an. »Bist du sicher, dass du weißt, was du tust?«

Georg hatte so eine Art, die jeden dazu brachte, ihm seine Sorgen mitzuteilen. Es musste an seiner Arbeit liegen. *Dabei glauben die Evangelen doch gar nicht an die Beichte, oder?* Christian war areligiös aufgewachsen und kannte die christlichen Regeln nicht.

»Mia übertreibt«, sagte Christian leichthin, was ihm jedoch nur ein Stirnrunzeln einbrachte.

»Weißt du«, sagte sein Schwiegervater. »Nach der Wende sympathisierte ich eine Weile mit einer extremistischen Gruppe« Er sah nachdenklich in die Ferne, so als erinnerte er sich an eine völlig andere Zeit. »Einer Gruppe religiöser Fanatiker, die keine Muslime im Land wollten und fürchteten, dass Westdeutschland sie uns aufzwingen würde.«

Christian war überrascht. »Ich ... Ich hatte keine Ahnung.« Mia hatte niemals etwas in dieser Richtung erzählt. Er musterte seinen Schwiegervater mit den gütigen, immer verständnisvollen Augen an. Es war schwer, sich Georg als Fanatiker vorzustellen.

Christian wollte mehr Fragen stellen, doch noch ehe er dazu kam, hallte Annas Stimme durch das Haus. »Christian, Georg, wo seid ihr denn? Ihr könnt doch den armen Norbert nicht ganz allein mit uns Frauen lassen!«

Die beiden tauschten ein gequältes Lächeln. »Sie meint wohl, wir sollen *sie* nicht allein mit *ihm* lassen, spottete sein Schwiegervater. Er klopfte Christian auf die Schulter. »Ich erzähle dir die Geschichte ein andermal. Versprich mir nur, dass du vorsichtig bist.«

Das Essen verlief in überraschend entspannter Atmosphäre. Mia und Sabine tauschten Schulgeschichten aus und von einem verächtlichen Kommentar über Waldorfschulen abgesehen hielt Norbert sich weitgehend zurück. Sie sprachen über ihre Arbeit, Georgs neuste Projekte mit seiner Gemeinde und das neue Haus, in das Norbert und Sabine eingezogen waren. Erst als der Salat verzehrt und der Braten beinahe aufgegessen war, wandte sich das Gespräch schwierigeren Themen zu.

»Habt ihr das von Italien gehört?«, fragte Norbert plötzlich und ohne Zusammenhang.

»Die Schuldenkrise?«, ging Christian darauf ein. Zum Teil, weil er wusste, dass Norbert sich von seinen Themen sowieso nicht abbringen ließ, zum anderen aber, weil auch er wegen Italien besorgt war.

»Ja! Ich habe gelesen, dass Deutschland alle italienischen Schulden bezahlen soll. Eine Frechheit, aber unsere Politiker lassen es natürlich mit sich machen! Wir haben doch schon all die Schulden für Griechenland bezahlt!«

Georg schüttelte den Kopf. »Wir haben nicht die Schulden der Griechen, sondern der deutschen und französischen Banken in Griechenland übernommen«, stellte er richtig.

»Außerdem erlaubt der Euro Deutschland, seine Waren viel günstiger zu exportieren, als wir es mit der Mark konnten«, sagte Mia. Sie verstand eine Menge von Wirtschaft. Das musste sie auch, denn sie war es gewohnt, dass die Schüler an der Waldorfschule sie mit Fragen löcherten.

»Mir egal«, polterte Norbert. »Wie kommen wir dazu, uns für die Südländer abzuarbeiten? Das ist einfach ...«

»Eine Frage der Gerechtigkeit«, hörte Christian sich plötzlich sagen.

Alle starrten ihn an. Anna und Sabine mit Erstaunen im Gesicht.

»Ja genau. Eine Frage der Gerechtigkeit«, wiederholte Norbert ein wenig verdattert.

»Ist mit dir alles in Ordnung, mein Lieber?«, fragte Anna besorgt.

Das war es. Christians Gedanken arbeiteten fieberhaft. Norbert mochte ein Idiot sein, doch es gab Millionen, die so dachten wie er. Menschen, denen es nicht um technische Details, sondern um grundlegende Dinge ging. Um Gerechtigkeit. Daraus könnten sie einen Slogan machen. Eine Kampagne ...

Im weiteren Gespräch hielt Christian sich zurück. Er ließ Norbert reden. Er hatte Norbert schon tausendmal sprechen gehört. Über Stunden. *Aber ich habe ihm nie zugehört. Ich habe ihn nie ernstgenommen. Seine Ansichten und Meinungen waren für mich nie legitim.* Doch jetzt hörte Christian zu. Er begriff, dass Norberts Gedanken auf verdrehte Art und Weise einer gewissen Logik folgten.

»Dieses Jahr ist Bundestagswahl«, sagte Christian plötzlich. »Weißt du schon, wen du wählen wirst, Norbert?«

Es war die Sonntagsfrage. »Wenn am kommenden Sonntag Bundestagswahl wäre ...« Eine gefährliche Frage. Noch vor einigen Jahren hatte die Sonntagsfrage nicht viel bedeutet. Wählst du Steinbrück oder Merkel? Das konnte man am Familientisch oder im Freundeskreis besprechen, ohne sich gegenseitig an die Gurgel zu gehen. Doch solche Debatten wurden zunehmend schwieriger. Seit dem Aufstieg der AfD und der Grünen war die Frage nach der Wahlentscheidung, die Sonntagsfrage, eine Frage nach dem Charakter eines Menschen geworden. *Was wählst du?* wurde immer mehr zu einem Ersatz für: *Was bist du? Woran glaubst du? Teilen wir dieselben Werte?* Aus genau diesem Grund wurde diese Frage unter Freunden immer seltener gestellt.

Norbert zuckte die Schultern. »Die AfD natürlich.«

Nur Norbert hätte das einfach so offen gesagt. Entweder weil er nicht realisierte, welche Reaktionen er damit auslöste, oder aber weil es ihm gleichgültig war. Mia riss die Augen auf und auch Georg setzte eine düstere Miene auf. Sie hatten immer vermutet, dass Norbert die AfD wählte, aber es nie so genau wissen wollen.

Norbert sah sich um. »Was ist los?«, fragte er mit einem halben Lächeln. »Ihr seht mich an wie ein Gespenst. Bei uns auf dem Bau wählt jeder die AfD.«

»Ist die SPD nicht die Arbeiterpartei?«, fragte Christian interessiert.

»Die SPD?« Norbert lachte. »Das ist ne Bonzenpartei wie jede andere und die Linken wollen unser Geld an Fremde verschenken.«

Sabine legte ihrem Mann die Hand auf die Schulter. »Vielleicht sollten wir nicht über solche Dinge reden.«

»Oh, dein Mann kann nichts dafür«, sagte Mia plötzlich scharf. »Er hat nur eine Frage beantwortet. Es war Christian, der unbedingt Politik zum Thema machen wollte.«

Christian sah Mia entschuldigend an. »Ich war einfach neugierig.«

Das restliche Essen verlief in angespannter Atmosphäre. Niemand, nicht einmal Norbert, schnitt ein riskantes Thema an. Doch die unangenehme Stille machte alles nur noch schlimmer.

»Es tut mir leid«, entschuldigte Christian sich auf dem Nachhauseweg. Mia fuhr, während er aus dem Fenster starrte. Alles in ihm drängte danach, sein Handy hervorzuholen und zu sehen, wie das Video sich schlug. Nadine und Michael hatten ihm zweifellos weitere Nachrichten geschrieben. Doch solange Mia in so finsterer Stimmung war, wollte er keinen Blick riskieren.

»Was genau tut dir leid?« Mias Stimme war unnatürlich hoch.

»Das weißt du genau.«

»Nein.« Sie leckte sich über die Lippen. »Bitte sag es mir.«

Christian seufzte. »Normalerweise spielen wir keine Spielchen, oder?« Nein, das war nicht ihre Art. »Aber wenn du willst: Ich habe deine Familie als Test missbraucht. Ich wollte wissen, was bei typisch rechten Leuten wie Norbert ankommt, was andere Leute abstößt und ob man das eine ohne das andere erreichen kann.«

»Damit du beide Gruppen mit rechter Propaganda ansprechen kannst.« Mia fuhr so schnell auf die Autobahn auf, dass der Schnee links und rechts von ihnen davonspritzte.

»Nein.« Er schüttelte entschieden den Kopf. »Vorerst reicht es mir, Menschen wie Norbert anzusprechen, ohne die Menschen in der Mitte zu verschrecken.« Seufzend legte er ihr die Hand auf den Oberschenkel. »Mia, so bin ich eben. Das ist mein Job. Meine Berufung. Ich habe diese Kampagne übernommen und ich werde mein Bestes geben, um sie zu einem Erfolg zu bringen, und ich wiederhole: Mit Frau König verhindern wir Schlimmeres in der AfD.«

Die restliche Fahrt saßen sie schweigend nebeneinander. Christian wollte nach seinem Handy sehen, aber er wusste, dass es Mia verletzt hätte. Dabei tat sie die ganze Zeit so, als wäre er nicht anwesend. Erst als Mia das Auto in ihrer Einfahrt parkte, schenkte sie ihm einen Blick. Ihr Zorn schien verraucht. »Ich hoffe nur, diese Kampagne hört bald auf.« Sie zögerte. »Fahr zur Arbeit, Christian. Wir wissen beide, dass du dich ohnehin auf nichts anderes konzentrieren kannst, wenn eine neue

Kampagne begonnen hat.« Damit stand sie auf und ging Richtung Haus.

Christian blieb sitzen und holte sein Handy hervor. Als er die ersten Nachrichten las, wusste er, dass Mias Wunsch nicht in Erfüllung gehen würde.

Christian hatte sich das fertige Video absichtlich noch nicht angesehen. Er wollte sich nicht noch nervöser machen. Doch kaum hatte er das Büro erreicht, seine Tasche abgestellt und sich einen Kaffeebecher geholt, spielten Nadine und Michael es ihm vor. Zu Beginn des Videos sah Christian gleichzeitig in sein Telefon und trank Kaffee. Er kannte die Rede schließlich. Doch schon nach den ersten Sätzen stellte er seinen Kaffeebecher ab, legte sein Telefon zur Seite und starrte auf den Bildschirm.

Richard hatte ein Meisterwerk geschaffen. Genau im richtigen Moment setzte Musik ein und schuf eine dramatische Atmosphäre, ohne übertrieben zu wirken. Das Video war in Schwarz-weiß gehalten. Die Schatten ließen Königs Gesichtszüge auf schaurige Art und Weise noch schöner und entschlossener aussehen, und als König am Ende donnernd eine Volksabstimmung forderte, spürte selbst Christian Gänsehaut.

Er atmete tief ein und sah zu Michael und Nadine. »Wie viele Klicks?«

Die beiden tauschten einen Blick. »Wir haben das Video vor drei Stunden hochgeladen«, sagte Nadine.

»Und?«

»Einhundertzwanzigtausend Zugriffe bis jetzt«, sagte sie. »Aber das Video nimmt gerade erst Fahrt auf. Unsere Kampagne zeigt das Video allen AfD-Mitgliedern und

Fans von bekannten rechten Seiten. Sie teilen es überall, auch auf Twitter. Königs Twitteraccount gewinnt minütlich neue Follower.«

Nadine klang zufrieden. Sie konnte Helene Königs Botschaft nicht leiden, doch sie war zweifellos stolz darauf, dass ihre Social-Media-Kampagne so gut funktionierte.

»Gut gemacht«, sagte Christian. »Wir werden über eine Gehaltserhöhung sprechen müssen.«

Sie grinste.

»Es gibt auch schlechte Nachrichten.« Michael wirkte angespannt.

»Schlechte Nachrichten?«

»Ja. Linke und Grüne greifen das Video an. Für alle zwei positiven Kommentare gibt es einen negativen.«

Christian hielt das keineswegs für eine schlechte Nachricht. Im Gegenteil. Es gab nur einen sicheren Weg, im Internet Aufmerksamkeit zu generieren. Polarisierung. In der nächsten Stunde studierte Christian die negativen Kommentare ausgiebig. Selbst einige unbedeutendere Grünen und SPD-Politiker hatten ihre ablehnende Meinung kundgetan. In den Kommentarspalten lieferten sich jene, die König beschimpften, und jene, die ihre Botschaft unterstützten, erbitterte Streitduelle. Christian las sich einige Debatten durch. Er hatte das Gefühl, dass die Argumentation für die die rechte Seite einfacher war. Praktisch jedes Gespräch endete mit: »Warum sollten wir nicht über unsere Zukunft abstimmen? Wir sind doch in einer Demokratie. Was hast du gegen eine Volksabstimmung über die Zuwanderungspolitik?«

Die Zahl der Zugriffe stieg immer schneller an. Doch Klicks alleine bedeuteten nichts. Christian hatte sich für das Video drei Ziele gesetzt. Erstens Helene Königs

Namen mit einer Forderung zu verbinden und sowohl den Namen als auch die Forderung in AfD-Kreisen bekannt zu machen. Dieses Ziel erreichten sie schnell. Nicht nur verbreiteten rechte Kreise das Video, auch die rechten Alternativmedien und Websites sprangen auf den Zug auf, schrieben Artikel und eigene Meinungen dazu. Dabei waren keineswegs alle AfDler von Königs Video begeistert. König war nur eine einfache Bundestagsabgeordnete und ihre Aktion mit der Parteiführung nicht abgestimmt gewesen. Während die Parteibasis Helene König feierte, verhielten sich die Parteigranden der AfD deswegen überraschend still. Weder Gauland, noch Weidel, noch Storch oder Meuthen, die sonst zu allem etwas twitterten, kommentierten oder teilten das Video. Christian zweifelte nicht daran, dass sie das Video als das sahen, was es war: einen Versuch, die alte Garde in der Partei durch eine neue Hoffnungsträgerin zu ersetzen.

Christians zweites Ziel war es, Gegenreaktionen der Linken und Liberalen zu erzeugen. Die *Gutmenschen*, wie man solche Leute in rechten Kreisen nannte, ließen nicht lange auf sich warten. Sie verteufelten Königs Forderung und auch König selbst. Einige aufgebrachte Linke ließen sich in den Kommentarspalten auch zu Beleidigungen und Drohungen hinreißen. Christian sammelte die hasserfülltesten dieser Drohungen und erstellte eine Collage von ihnen. Am Abend, als das Video schon eifrig debattiert wurde, teilten sie diese Collage mit dem Titel *Demokraten in den sozialen Netzwerken.* Das Bild wurde ein beinahe so großer Erfolg wie das Video selbst.

Die Angriffe der Linken und Liberalen spielten Christian in die Karten. Je heftiger sie König angriffen, desto mehr zwangen sie die skeptischen Rechten, sich hinter Helene König zu stellen. Es dauerte nicht lange und die nationalkonservative Junge Freiheit veröffentlichte einen Artikel über das widerliche Verhalten der Linken gegenüber König, die doch nicht mehr als eine Volksabstimmung und damit Demokratie gefordert hatte. Der Druck wurde so groß, dass schließlich auch die AfD-Spitze reagieren musste. Weidel und Meuthen posteten knappe Kommentare, in denen sie erklärten, dass niemand das Recht habe, Frau König zu bedrohen.

Christians drittes Ziel war es, den Fokus der etablierten Medien auf Helene König zu ziehen. Soziale Medien waren wichtig. Aber man durfte sie auch nicht überschätzen. Die etablierten Medien hatten immer noch die wahre Informationsmacht in Deutschland inne. Ohne sie konnte man keine dauerhaft erfolgreiche Kampagne führen. Zum Glück orientierten sich die etablierten Medien oft sehr stark an dem, was im Social Media vor sich ging. Was dort auf Interesse stieß, wurde in der Regel nur wenig später auch von der Presse aufgegriffen.

Daher wunderte es Christian nicht, dass sie schon am nächsten Tag eine Interviewanfrage der FAZ erhielten. Helene König wurde gebeten, eine Reihe von per E-Mail gestellten Fragen schriftlich zu beantworten. Christian lehnte ab. Wenn man sich erst einmal dazu herabließ, Interviews schriftlich zu beantworten, maßen einem die Zeitungen keinen Wert mehr bei. Er schrieb, dass Helene König zu beschäftigt mit einer Exklusivreportage für den Spiegel sei.

Innerhalb von drei Stunden kündigte die FAZ an, einen Reporter und ein Kamerateam zu Helene Königs Haus zu schicken.

Auch das lehnte Christian ab. Helene Königs Privatleben müsse privat bleiben. »Sie hat eine kleine Tochter.

Wir wollen ihr Leben nicht stören, indem wir ständig Kamerateams durch ihr Zuhause trampeln lassen.« Christian schlug stattdessen vor, sich in Königs Bundestagsbüro zu treffen. Das Büro und die Einladung in den Bundestag würden König zusätzliche Autorität verleihen.

Christian und Herbert Kingl saßen hinter ihr, als sie das Interview gab. Die FAZ hatte einen ihrer erfahrensten Reporter geschickt. Sein Name war Wilhelm Wolf.

Wolf war für seine Sachkenntnis bekannt und dafür, dass er hart nachfragte und seinen Interviewgegnern nur selten irgendeine Schwäche durchgehen ließ. In den Interviews war König weitgehend auf sich allein gestellt. Christian konnte ihr im Vorfeld Ratschläge geben, aber er konnte nicht für sie sprechen.

Wolf war ein Mann mit spitzem Gesicht und einem Körper, an dem sich keine Unze überflüssiges Fett befand. Er trug eine dicke Rundbrille und schien praktisch immer einen skeptischen Blick aufgesetzt zu haben.

König schien sofort zu begreifen, dass sie diesen Mann mit ihren grünen Augen und ihrem bezaubernden Lächeln nicht für sich würde einnehmen können. Daher versuchte sie es gar nicht erst. Stattdessen setzte sie einen distanzierten, professionellen Gesichtsausdruck auf.

»Wollen wir beginnen?«, fragte sie kühl.

»Gerne«, erklärte Wolf. Für Christian und Kingl, die sich im Hintergrund hielten, hatte er nicht einmal einen Blick übrig.

Christian hielt instinktiv den Atem an. Ihr Video hatte im Laufe des Wochenendes drei Millionen Aufrufe erzielt. Das war ein sagenhafter Erfolg, der Helene König Aufmerksamkeit brachte und vor allem dazu führte, dass ihre Forderung nach einer Volksabstimmung überall diskutiert wurde. Die etablierten Medien überschlugen sich regelrecht mit Kommentaren, warum so eine Volksabstimmung nicht sinnvoll oder negativ sei.

All das spielte ihrer Kampagne in die Karten. Aber sie brauchten mehr als das. Sie mussten an Fahrt und Aufmerksamkeit gewinnen und so die AfD-Basis davon überzeugen, dass Helene König eine künftige Führungsfigur sein könnte.

Doch dazu war es notwendig, dass sie sich in Interviews gut schlug.

Wolf stellte König zu Beginn eine Reihe von Standardfragen. Doch schon bald wurde sein Tonfall härter. »Ihre Forderung nach einer Volksabstimmung wurde in den letzten Tagen kontrovers diskutiert. Halten Sie diese Forderung nicht für ein wenig lächerlich?« Er richtete seine Brille. »Ich meine, wie soll das aussehen? Die Deutschen stimmen gegen Zuwanderung und dann werfen Sie alle Türken aus dem Land?«

König schüttelte den Kopf. »Natürlich nicht«, sagte sie in entspanntem Tonfall. »Es geht um die künftige Zuwanderungspolitik in diesem Land. Wollen wir offene Grenzen? Gezielt Arbeiter aus Afrika und dem Nahen Osten anwerben? Oder ist es im Sinne der Bürgerinnen und Bürger in diesem Land, dass wir die Zuwanderungsregeln so stark beschränken wie nur möglich.« Sie lächelte. »Ich denke, es ist nur angebracht, dass wir diese Fragen diskutieren und dass die Menschen in diesem Land am Ende eine informierte Entscheidung treffen.« Christian glaubte zu bemerken, dass Wolf bei diesen Worten etwas irritiert war. König hatte eine sympathische, freundliche Antwort gegeben und doch gleichzeitig im Kern gefordert, keine Ausländer mehr ins Land zu lassen. *Genau das ist der neue Stil, mit dem Helene König Erfolg haben kann. Harte Forderungen und weiche Worte.*

»Alle Experten sind sich einig, dass die deutsche Wirtschaft Zuwanderung braucht«, antwortete Wolf wie aus der Pistole geschossen. »Sind Ihnen die Meinungen dieser Experten egal?«

Der Expertentrick. Journalisten liebten es, Politikern Fragen zu stellen, in denen sie sich auf Experten bezogen. Damit zwangen sie ihren Gesprächspartner beinahe dazu, eine unsympathische Antwort zu geben. Entweder man sagte, die Experten irrten sich, was den Politiker arrogant wirken ließ. Oder aber der Politiker verwies auf andere Experten, wodurch er wie ein irrer Verschwörungstheoretiker dastand. In beiden Fällen verspielte man Sympathien. Das war das Dauerproblem, das die AfD bei jeder Debatte über den Klimawandel in Bedrängnis brachte.

Doch Christian hatte König vor genau diesem Trick gewarnt und sie darauf vorbereitet.

»Die Experten haben völlig recht«, sagte Helene König. »Wenn wir weniger Zuwanderung haben, wächst die deutsche Wirtschaft langsamer.«

Wolf sah auf. »Sie geben also zu, dass die AfD-Zuwanderungspläne schlecht für die Wirtschaft sind?«

»Keineswegs. Die meisten Studien beziehen sich auf das Wirtschaftswachstum des Landes insgesamt, das GDP oder auch Bruttoinlandsprodukt. Wenn mehr Menschen in einem Land leben, dann wächst das GDP des Landes automatisch«, erklärte König geduldig. »Darum hat Indien ein größeres GDP als Großbritannien, das bedeutet aber noch lange nicht, dass es den Indern besser geht als den Briten.« Wolf öffnete den Mund, doch

König schnitt ihm plötzlich überraschend scharf das Wort ab. »Das *bedeutet«,* sagte sie. »Dass natürlich unser Bruttosozialprodukt wächst, wenn wir mehr Menschen ins Land holen. Allerdings verteilt es sich dann auch auf mehr Personen. Die Wirtschaftskraft pro Kopf, das bedeutet das Geld, das jedem einzelnen Deutschen und jeder Familie zur Verfügung steht, wächst durch Zuwanderung keineswegs.« König lächelte. »Und *Sie* werden Mühe haben, einen Experten zu finden, der etwas anderes behauptet.«

Ab diesem Augenblick wusste Christian, dass er die richtige Entscheidung getroffen hatte, Helene König zu unterstützen. König verstand es hervorragend, ihren Standpunkt eloquent und sympathisch zu vertreten. Ein Talent, das nur wenige Rechte besaßen. Jeder AfD-Anhänger, der diese Antwort las, würde in König eine künftige Führungsfigur sehen. Besonders jene Anhänger, die von der Stagnation der Partei in den letzten vier Jahren enttäuscht waren und sich darum eine neue Spitze wünschten.

Wolf ließ das Thema Zuwanderung nach einer Weile fallen. Die nächsten Fragen drehten sich primär um Königs Pläne und ihre bisherige Karriere. Erst am Ende stellte Wolf genau die Frage, auf die Christian die ganze Zeit gehofft hatte.

»Viele behaupten, dass dieses professionell gemachte Video und Ihre provokante Forderung zwei Monate vor dem AfD-Parteitag kein Zufall ist«, sagte Wolf. »Es heißt, es handle sich um eine geplante Kampagne. Bedeutet das, dass Sie im März auf dem AfD-Parteitag für den Bundesvorsitz Ihrer Partei kandidieren werden?«

König schlug die Beine übereinander. »Mir geht es nicht um Posten, oder Positionen, sondern darum, Inhalte und Themen durchzubringen«, erklärte sie. »Ich will, dass die Zuwanderungsfrage breit diskutiert und in einer Volksabstimmung entschieden wird und dass diese Forderung offizielle Parteipolitik der AfD wird.«

Das war zweifellos genau die Antwort, mit der ein alter Hase wie Wolf gerechnet hatte. »Sie schließen eine Kandidatur auf dem Bundesparteitag im März damit aber auch nicht aus, oder?«

»Nein«, sagte König lächelnd. »Ich schließe eine Kandidatur auch nicht aus.«

Helene König

(Brandenburg, Februar 2021)

Helene König stand auf dem Balkon ihres Hauses und blickte auf die schneebedeckte Landschaft hinunter. Die Felder und Wiesen um das Haus herum gehörten zum Besitz ihrer Familie, der von Kroningens.

Das Landhaus war natürlich nicht der eigentliche Sitz der von Kroningens, der befand sich in Baden-Württemberg. Dieses Haus hier war ein schlichter Sommersitz. Ein Ort zum Nachdenken und reflektieren. Nach ihrer Scheidung war König mit ihrer Tochter hierhergezogen. Das Haus befand sich nahe an Berlin und hatte sich doch seine ländliche Idylle bewahrt. Bald schon würden die Hügel ergrünen und Mais, Raps und Korn auf den Feldern stehen. Bald.

Helen König hatten den Winter immer schon verabscheut. Es war die Zeit der Kälte. Die Zeit des Todes, in der der Schnee wie ein weißes Leichentuch alles Leben verdeckte. Auch Deutschland befindet sich heute im Winter, dachte sie. *Selbst wenn der Schnee schmilzt.*

Was war nur aus ihrem Land geworden? Erst gestern war sie geschockt durch die Berliner Innenstadt gegangen. Man erkannte die Stadt kaum mehr wieder. Sie erinnerte sich daran, dass sie als Kind mit ihren Eltern Westberlin besucht hatte. Sie erinnerte sich an die freundlichen Leute am Kioskstand und das Gefühl der Gemeinschaft, das sie damals eingefangen hatte.

Heute gab es in Deutschland keine Gemeinschaft mehr. Nur noch eine Gesellschaft von Individuen, die nichts miteinander zu tun hatten. Wie sollten die Menschen auch eine Gemeinschaft bilden, wenn alle von irgendwoher kamen und keine Werte mehr teilen, ja nicht einmal dieselbe Sprache sprachen? Sie dachte an ihre Tochter. Ihre Familie war zum Glück wohlhabend genug, um Wiebke ein Privatinternat zu finanzieren. An öffentlichen Schulen war es ja mittlerweile unmöglich, richtig Deutsch zu lernen.

Aber das werden wir ändern. Der deutsche Winter wird enden.

Sie sog die kalte Luft ein, als plötzlich das Telefon in ihrem Mantel vibrierte. Es war Christian Jäger.

Sie hob ab. »Ja?«

»Haben Sie heute Zeit?«, hallte ihr Jägers mittlerweile vertraute Stimme entgegen. »Ich denke, es wird Zeit, dass wir Ihre Kandidatur für den AfD-Parteivorsitz verkünden. Wir sollten das Wo und Wie besprechen.«

»Ja, das sollten wir«, antwortete Helene König. »Aber nicht heute. Ich brauche eine Auszeit. All diese Pressetermine. Ich hätte nicht damit gerechnet, dass das so anstrengend werden würde.«

Er verstummte kurz. Jäger war es nicht gewohnt, dass sie eine Pause brauchte. »Ja natürlich«, sagte er schließlich. »Erholen Sie sich gut. Ich melde mich morgen.«

Helene steckte das Telefon ein. Der gute Christian. Er war ein faszinierender Mann und auf seinem Gebiet unheimlich talentiert. Er verstand eine Menge von Medien und wie man die Öffentlichkeit manipulierte.

Aber er verstand nicht alles.

Sie lehnte sich weit über den Balkon und blickte in die Landschaft. Nach einer Weile sah sie den Wagen, auf den sie gewartet hatte. Es war ein schwarzer Mercedes.

Der Wagen blieb in ihrer Einfahrt stehen. Als er sich näherte, konnte sie sehen, dass sich zwei Männer darin befanden. Sie runzelte die Stirn.

Ich habe ihm doch gesagt, er solle allein kommen.

Sollte sie das Treffen im letzten Augenblick absagen? Wenn er sich jetzt schon nicht an die Vereinbarung hielt, wie konnte sie damit rechnen, dass er es in Zukunft tun würde?

Ich könnte Herbert anrufen. Dann wäre es zumindest zwei gegen zwei. Aber Herbert ist ein Schwätzer. Ob er so eine Sache geheim halten kann?

Während sie noch für das Für und Wider abwog, erledigte sich die Frage von selbst. Der Mann am Steuer blieb im Wagen sitzen, während der andere Mann sich auf den Weg zur Tür machte. Sie musterte ihn aus der Ferne. Er war klein und schmächtig. Ein schweres Schicksal für einen Mann. Besonders für einen, der mit den klassischen Vorstellungen von Männlichkeit aufgewachsen war und dessen Idealbild darum so gar nicht mit dem eigenen Spiegelbild übereinstimmen wollte. Helene König war überzeugt, dass es keine traurigeren Wesen als kleinwüchsige Männer oder hässliche Frauen gab. Sie waren wie Vögel mit gebrochenen Flügeln, die nur vom Boden aus zusehen konnten, wie ihre Artgenossen durch die Lüfte zischten.

Noch ehe der Mann an der Tür klingelte, öffnete Königs Haushälterin Nina die Tür. Helene König hatte nur einen kleinen Haushalt. Ihre Tochter war nur in den Ferien zu Hause und sie selbst verbrachte die meiste Zeit im Zentrum von Berlin, wo sie eine eigene Dienstwohnung hatte.

Allerdings hatte sie seit der Veröffentlichung ihres Videos vor drei Wochen den Bundestag nach Möglichkeit gemieden und ihr Büro nur für Interviews aufgesucht. Alice Weidel und Alexander Gauland waren beide fuchsteufelswild, dass sie eigenmächtig eine politische Forderung gestellt hatte. Dass diese Forderung an der Parteibasis überaus beliebt war, vergrößerte die Wut der beiden nur noch.

»Frau König. Ihr Gast ist hier!«, rief Nina nach oben.

Ehe sie nach unten ging, legte König ihren Mantel ab und warf einen Blick in den Spiegel. Make-up trug sie nicht. Sie hielt nichts davon, die natürliche Schönheit einer Frau mit Schminke zu überdecken. Dennoch begutachtete sie sich ausgiebig und ließ sich dabei absichtlich Zeit.

Soll er ruhig ein paar Minuten in der Eingangshalle stehen. Das wird ihn ungeduldig und damit weniger vorsichtig machen.

Als sie nach unten trat, stand ihr Gast bereits in der Halle. König lächelte und sie umarmten einander vertraut. Ihre Familien waren seit Jahrzehnten befreundet. Wenn es nach ihren Vätern gegangen wäre, hätten sie vielleicht sogar geheiratet.

Ihr Gast fixierte sie mit seinen wasserblauen Augen. *Seine Augen waren immer schon das Attraktivste an ihm. Früher dachte ich, er könnte Menschen damit direkt in die Seele blicken.*

Sie schüttelte den Gedanken rasch ab. Früher war sie ein naives Mädchen gewesen. Jetzt wusste sie es besser.

»Hallo Helene«, sagte der Mann.

»Hallo Bernd«, sagte sie und grinste.

Er verzog das Gesicht. »Ein schlechter Witz wird nicht dadurch besser, dass man ihn wiederholt«, entgegnete er.

Sie nickte. Er war nie jemand gewesen, dem Lachen leichtfiel. Am allerwenigsten über sich selbst.

»Verzeih mir, *Björn.*«

Björn Höcke fuhr sich über das Gesicht. »Dieser Bernd-Witz ist geistlos und typisch für den linken Gutmenschenstaat. Anstatt auf meine Argumente einzugehen, ändern sie meinen Vornamen. Als wäre das in irgendeiner Weise witzig oder ein politisches Argument für irgendwas.«

Es ist nur witzig, weil es dich so sehr stört, dachte König. Aber sie behielt diesen Gedanken für sich.

»Du hast natürlich recht. Ich hoffe, du bist du hungrig!«

Höcke nickte. »Ein wenig. Es war eine lange Fahrt.«

Helene hatte ein ausgiebiges Frühstück vorbereiten lassen. Frisch gepresster Orangensaft sowie Eier und Milch, die von einem Bauern in der Umgebung stammten. Genau die Art von Frühstück, die einem Typen wie Höcke gefiel.

»Bedien dich ruhig«, sagte sie. »Und iss eines von den Brötchen. Meine Haushälterin hat sie heute Morgen gebacken. Sie sind noch warm.«

Höcke setzte sich an den Tisch, griff jedoch nur mäßig zu. Er war ein Stoiker, der nichts davon hielt, über die Stränge zu schlagen. Daran erinnerte König sich noch.

Sie selbst kannte keine solche Zurückhaltung, sondern nahm sich, worauf auch immer sie Lust hatte. Ein gutes Frühstück durfte nicht verschwendet werden. Während sie aß, fühlte sie Höckes Blick auf sich. Er musterte sie, versuchte, sie einzuschätzen und einzuordnen. Zweifellos wartete er darauf, dass sie das eigentliche Gespräch begann, doch sie dachte gar nicht daran, ihm diesen Gefallen zu tun. Munter plauderte sie so lange von Eiern und Brötchen, bis Höcke schließlich die Geduld verlor.

»Warum bin ich hier?«, fragte er barsch.

König lehnte sich in ihren Stuhl und lächelte. »Darf ich denn keinen alten Freund zum Frühstück einladen?«

»Spar dir das, Helene. Was willst du von mir? Was soll diese Kampagne? Zur Bundestagswahl noch kannte dich keiner in der Partei und plötzlich ist dein Name in aller Munde. Ist es wahr, dass du eine Marketingagentur angeheuert hast? Was hast du vor?«

Königs Gesicht wurde augenblicklich ernst. »Ich will *das* tun, woran du gescheitert bist«, sagte sie scharf.

»Und das wäre?«

»Deutschland retten.«

Höcke sah sie an. Sie beide kannten einander. Sie mussten sich nichts vormachen.

»Und warum denkst du, dass ich daran gescheitert bin?«, fragte er.

Sie zog die Brauen hoch. »Ist das nicht offensichtlich?«

»Nicht für mich. Ich habe in Thüringen ein exzellentes Wahlergebnis erzielt.«

König zuckte die Schultern. »Wahlergebnisse ändern weder die Geburtenrate noch die Zuwanderung. Die ändern wir nur, wenn wir regieren.« Sie sah ihn an. »Aber du kannst nicht regieren, Björn. Du hast dich mit deinen dummen Aussagen von 180-Grad-Wende in der deutschen Erinnerungspolitik unmöglich gemacht.«

Er sagte nichts, doch sie sah in seinen Augen, dass er wusste, dass sie recht hatte.

»Wenn ich so unmöglich bin, was willst du dann von mir?«, fragte er.

Sie seufzte und hielt ihm eine Zeitung hin. Die Titelstory beschäftigte sich mit der Frage, ob sie, Helene König, sich um den AfD-Parteivorsitz bewerben würde oder nicht. Er warf einen knappen Blick auf die Schlagzeile. »Und?«, fragte er. »Wirst du?«

»Ich hatte es eigentlich nicht vor«, log sie. »Aber meine Forderung nach einer Volksabstimmung hat eine Menge Aufmerksamkeit auf sich gezogen.« Sie sah ihn an. »Weidel, Gauland und Meuthen können uns nicht in den Wahlkampf führen. Wir würden genau dasselbe Ergebnis erzielen wie vor vier Jahren. Aber nichts verändern.« Sie sah ihn eindringlich an. »Björn, uns läuft die Zeit davon. Wie lange noch, bis wir keine Wahl mehr gewinnen *können*, weil die Zuwanderer in der Mehrheit sind?« Das war ihre größte Sorge. Dass die demographischen Verhältnisse sich so sehr verändern würden, dass sie sich nicht mehr umkehren ließen.

Sie holte Luft. »Du bist in der AfD offiziell isoliert und trittst kaum mehr öffentlich auf, weil es der Partei schaden würde. Aber jeder weiß, dass du immer noch gewaltigen Einfluss hast. Ich will, dass du den Flügel dazu bringst, mich zu unterstützen.«

Der Flügel war eine rechte Teilvereinigung der AfD. Spätestens seit der Entmachtung Frauke Petrys war klar, dass kein Spitzenpolitiker sich gegen den Willen des Flügels in der Partei halten konnte, und der wichtigste Mann im Flügel war niemand anderes als ausgerechnet Björn Höcke.

Ihr offener Vorschlag schien ihn zu überraschen. »Warum sollte der Flügel deine Kandidatur unterstützen?« Seine Augen fixierten sie. »Ich habe deine Interviews gelesen. Du willst eine *neue AfD.* Eine modernere AfD. Aber was soll das bedeuten, wenn nicht liberaler? Die meisten im Flügel stehen dir skeptisch gegenüber.«

Dessen war König sich durchaus bewusst. Genau deswegen brauchte sie Höcke. »Die meisten im Flügel missverstehen den Unterschied zwischen Inhalt und Form. Meine Forderung nach einer Volksabstimmung ist radikaler als die Vorschläge des Flügels. Gleichzeitig verschrecke ich keine Wähler, in dem ich von 180-Grad-Wenden bei der Erinnerungspolitik spreche oder erkläre, wie stolz ich auf die Leistungen der Wehrmacht bin.« Sie seufzte und ergriff seine Hände. »Björn, du hast es auf deine Weise versucht. Du hattest keinen Erfolg. Wir können nur einen *wirklichen* Wahlsieg erringen, wenn wir unsere Inhalte festigen, aber unsere Worte mäßigen. Uns läuft die Zeit davon!«

Mit diesen Worten brachte sie ihn zum Nachdenken. König wusste, dass Höcke wenig Liebe für Meuthen und Weidel übrig hatte. Die waren ihm viel zu opportunistisch. Sie sprachen die Worte, die der Flügel gerne hörte, aber sie taten es nicht aus Überzeugung.

Höcke fuhr sich nachdenklich an die Wange. »Verstehe ich dich richtig? Du willst *alleinige* Spitzenkandidatin und *alleinige* Parteivorsitzende werden?«

Helene nickte. Die Partei hatte mit Lucke schlechte Erfahrungen gemacht, daher war es ein ungeschriebenes Gesetz in der AfD, dass alle wichtigen Positionen immer auf zwei Personen aufgeteilt wurden. Darin ähnelte die AfD mehr den Grünen oder der Linkspartei als einer Führerpartei wie der Union oder FDP. Es war eine Lösung, die einen Streit zwischen der AfD-Führung und der Basis wie zu Zeiten Luckes verhindern sollte.

Aber es ist auch eine Schwäche im Wahlkampf. Ein Spitzenduo hat es viel schwerer, Momentum aufzubauen. Die Wähler wollen einen einzigen Mann oder eine Frau zum Kanzler oder zur Kanzlerin wählen. Teams haben in Deutschland noch niemals eine Wahl gewonnen.

»Sorge dafür, dass der Flügel mich unterstützt«, bat sie ihn ganz offen und ignorierte seinen skeptischen Ausdruck. »Und wir haben die Chance, stärkste Partei zu werden. Schau nach Italien. Salvini hat 30 %. Le Pen hat in Frankreich gegen Macron 35 % geholt, und von den Ergebnissen in Osteuropa will ich gar nicht erst sprechen. Wir haben auch in Deutschland das Potential, stärkste Partei zu werden, doch dafür müssen wir ein Zeichen der Erneuerung aussenden *und* wir brauchen jemanden, den auch die Leute wählen können, die der AfD ansonsten skeptisch gegenüberstehen.« Sie sog tief Luft ein. Alles hing davon ab, dass es ihr gelang, ihn zu überzeugen. »Ich bitte dich nicht, es für mich zu tun. Tu es für das Land.«

Ihre Augen trafen einander. Ihre smaragdgrün, seine wasserblau. Doch sein Blick erlaubte ihr keinen Rückschluss auf seine Gedanken. König lehnte sich zurück und trank einen Schluck Kaffee. Es hatte keinen Sinn, ihn weiter zu bedrängen.

Höckes Gesicht nahm einen angestrengten Ausdruck an, und als er nach einer Weile schließlich den Mund öffnete, klangen seine Worte sorgsam und bedächtig. »Wenn der Flügel dich unterstützt ... Wie können wir dann sichergehen, dass du unsere harten Forderungen trotz deiner sanften Worte durchsetzt? Zu viele rechte Parteien wurden so lange weichgespült, dass sie an der Macht nichts Wesentliches verändert haben.«

In diesem Augenblick wusste König, dass sie gewonnen hatte. Es war klar, was er jetzt hören wollte. Sie schlang die Beine übereinander und warf die Haare zurück.

»Da musst du dir keine Sorgen machen«, versprach sie. »Sollte ich Spitzenkandidatin werden und die AfD in die Regierung führen, dann wird der Flügel maßgeblichen Einfluss auf die Regierungspolitik haben.«

»Wie?«

»Du oder ein Kandidat deiner Wahl wird Innenminister.«

Höcke gelang es nicht, das gierige Glitzern in seinen Augen zu verbergen. Die Rolle des Innenministers war genau das, was er sich sein Leben lang gewünscht hatte. Die Macht über die Polizei. Das Recht, Fremde abschieben und linke Randalierer verfolgen zu dürfen. Höcke wollte wahre Macht und nicht sein weiteres Leben als Oppositionspolitiker in Thüringen verbringen.

Er rückte abrupt seine Stuhl nach hinten und stand auf. »Ich werde darüber nachdenken«, sagte er. »Du erhältst meine Antwort in einigen Tagen.«

König verbarg ihr Lächeln.

Sie kannte seine Antwort längst.

Mia

(Berlin Alexanderplatz, Februar 2021)

Die Polizei trennte die beiden Demonstrationen mit Sperrgittern und einem regelrechten Menschenwall aus mit Schilden und Knüppeln bewaffneten Polizisten.

Mia machte ein paar zögerliche Schritte, als ein riesiger Mann in Polizeiuniform auf sie zukam. »Wollen Sie zur Demonstration?«, fragte er.

»Ja.«

»Zur AfD oder zur Gegendemo?«

Mia zögerte.

»Ja?«, fragte der Beamte. Er klang ein wenig genervt.

»Zur ... zur AfD«, sagte Mia.

Sie fragte sich, was der Mann jetzt wohl von ihr halten mochte. Nahm er an, dass sie eine menschenhassende Rechtsextreme wäre? Oder ein Heimchen am Herd, dem von ihrem Mann vorgeschrieben wurde, wie es zu wählen hatte?

Sie rief sich zur Ordnung. Der Mann dachte sich gar nichts. Er deutete in eine Richtung und war dann schon dabei, den nächsten Passanten zu fragen, ob und welcher Demonstration er sich anschließen wollte.

Ich darf mich nicht verrückt machen lassen.

Und doch ... Mia war in ihren Leben schon auf so einigen Demonstrationen gewesen. Für Klimaschutz, Frauenrechte, niedrigere Mieten und immer, immer gegen rechts. Und jetzt? Jetzt ging sie auf eine Demonstration der AfD.

Die Polizisten hatten mit Sperrgittern eine Art Gang geschaffen. Am Ende des Ganges befand sich der Alexanderplatz, auf dem die AfD ihre Tribüne errichtet hatte. Eigentlich war es keine offizielle AfD-Demonstration. Die Parteiführung hatte die Demo weder beauftragt noch begrüßt, und doch fanden sich fast ausschließlich AfD-Parteimitglieder dort ein. Die Demonstranten schienen aus ganz Deutschland angereist zu sein, denn Mia hörte die verschiedensten Dialekte. Eine alte Frau schimpfte auf Berlinerisch über die Regierung, zwei junge Kerle sprachen so gedehnt, dass sie wohl aus dem Rheinland stammen mussten, und die Gruppe weißhaariger Männer vor Mia stammte zweifellos aus Sachsen – ihren wohlwollenden Worten über die Pegida-Demos nach zu schließen, aus Dresden.

Nachdem Mia eine Weile lang zwischen den Demonstranten hin- und hergegangen war, entspannte sie sich ein wenig. Die meisten sahen gar nicht so schlimm aus. Altmodisch gekleidet vielleicht, doch auf den ersten Blick ganz nett. Nirgendwo war ein Galgen mit den Namen eines Politikers aufgestellt, und obwohl Mia sich genau umsah, sah sie nicht einen einzigen Skinhead oder sonst jemanden, der ihr gewaltbereit vorgekommen wäre.

Dennoch fühlte Mia sich als Außenseiterin. Schon alleine, weil sie eine der wenigen Frauen war. Dreitausend Leute und trotzdem musste man nach Frauen mit der Lupe suchen. Die einzige Frau in ihrem Alter, die Mia sah, schien nur das Anhängsel eines Typen zu sein, der sich angesichts der zahlreichen männlichen Konkurrenz misstrauisch umblickte.

Auf allen Demos, auf denen Mia bislang gewesen war, hatte sie sich immer gut und gerne unterhalten. Die witzigsten Personen liefen dort herum. Unterhaltungen waren einfach und Mia liebte es, die verschiedensten Lebensgeschichten zu hören.

Auf dieser Demonstration jedoch hatte Mia nicht das geringste Bedürfnis, mit irgendjemandem zu sprechen. Die wenigen Gesprächsfetzen, die sie aufschnappte, reichten aus, um Ekel in ihr hervorzurufen.

Ihr Geschlecht und ihre politischen Ansichten waren jedoch nicht das Einzige, was Mia von den anderen Demonstrationsteilnehmern unterschied. Diese waren alle gekommen, um Helene König zu sehen. Mia dagegen war wegen ihres Mannes hier.

Sie sah zur Tribüne. Christian musste irgendwo dort oben stehen. Bestimmt befand er sich in dem schwarzen Zelt hinter dem Podium. Vermutlich coachte er Helene König gerade für ihre Rede. Mia spürte, wie sie ein Stich von Eifersucht durchbohrte.

Mia wusste, dass Christian von dieser Demonstration nicht begeistert gewesen war. Auch wenn sie es nach Möglichkeit vermieden, über die Kampagne zu sprechen, blieb Mia doch auf dem Laufenden. Christians Mitarbeiterin Nadine und sie schrieben sich gelegentlich und außerdem konnte Mia die Stimmung ihres Mannes lesen. Er war in den letzten Wochen in hervorragender Laune gewesen – und warum auch nicht? Alles lief so, wie er es sich vorgestellt hatte. Helene König war in allen Medien. Sie war ein Star, jeder sprach über sie und jeder wollte mit ihr sprechen. Selbst in Talkshows trat sie auf, um ihre Forderung nach einer Volksabstimmung über die Zuwanderungspolitik zu verteidigen. Und mit jedem Auftritt wurde sie bekannter und Christians Zufriedenheit größer. Bis vor einer Woche.

Mia hatte am Frühstückstisch die Deutscharbeiten ihrer Schüler durchgelesen, während Christian ihr gegenübergesessen und Pressetermine koordiniert hatte. In den letzten Wochen war es ihnen gelungen, eine fragile Balance zu finden, die es ihnen erlaubte, ohne Streit durch den Alltag zu gelangen. Mia entschied sich, ihre Wut und Unsicherheit hinunterzuschlucken. Sie konnte ihrem Mann nicht *ihre* politische Meinung aufdrücken.

Christian hatte einen Anruf entgegengenommen und war respektvoll ein paar Schritte zur Seite gegangen. Während er sprach, sah Mia aus dem Augenwinkel, wie sich seine Miene versteinerte. Sie wusste genug von der Kampagne, um aus seinen Antworten auf den Inhalt des Gesprächs zu schließen. Helene König hatte zu einer Großdemonstration aufgerufen, bei der sie ihre Kandidatur für den Parteivorsitz der AfD ankündigen wollte. Gegen Christians Rat.

Es war das erste Mal im Zuge der Kampagne, dass Helene König sich eigenwillig zeigte. Mia wusste nicht, was genau König zu Christian gesagt hatte, aber sie schien klarzustellen, dass er ein geschätzter Berater, aber nicht mehr war. Am Ende würde König immer selbst entscheiden und König wollte die Demonstration.

An diesem Abend hatte Christian mit düsterer Miene im Wohnzimmer gesessen. Mia hatte mit dem Gedanken gespielt, sich zu ihm zu setzen und ihn zu trösten. Sie hätten gemeinsam auf König schimpfen können. Aber Mia kannte sich. Früher oder später hätte sie »Ich habe es dir doch gesagt« oder etwas Ähnliches von sich gegeben. Das hätte nur einen neuen Streit ausgelöst. Nein, es war besser gewesen, Christian mit seinen Gedanken allein zu lassen.

In dieser Nacht hatte Mia gehofft, dass Christian erkennen würde, dass Helene König sein Talent nur missbrauchte, dass er die Kampagne nicht leitete, sondern nur ein Werkzeug war, das, sobald es keinen Nutzen mehr brachte, weggeworfen wurde. Sie hatte gehofft, dass Christian sich weigern würde, König weiter zu unterstützen, dass er vielleicht sogar im Gegenteil einen weltoffenen und toleranten Kandidaten unter seine Fittiche nehmen würde.

Doch am nächsten Morgen hatte Christian sich mit der veränderten Lage versöhnt. Als sie zum Frühstückstisch kam, saß er bereits dort und arbeitete an Königs Rede für die Demonstration. In diesem Augenblick fragte sich Mia, ob sie ihren Mann wirklich kannte. Sie wusste, dass ihm Politik gleichgültig war. Er war ein Zyniker, der eine grüne Position ebenso leidenschaftlich und mit stechenden Argumenten verteidigen konnte wie eine Forderung der AfD. Christian selbst glaubte an nichts und verstand alles. Das wusste Mia und es hatte sie nie gestört. Bis jetzt.

Plötzlich riss ein Raunen Mia aus ihren Gedanken. Helene König war aus dem Zelt und auf die Bühne getreten. Während König mit charmantem Lächeln und wehenden Haaren an das Podium trat, überkam Mia erneut ein Stich der Eifersucht. Es sollte für sie keine Rolle spielen, dass König schön war. Mias Problem mit König bestand in deren politischen Forderungen und nicht in ihrer Schönheit. Dennoch ...

Dann sah sie Christian. Er sah anders aus als üblich. Die Demonstranten, das hatte Mia rasch begriffen, misstrauten der Obrigkeit. Sie fühlten sich verraten von einer Elite, die große Worte über für sie ferne Dinge sprach – die Lage in Afrika, den Klimawandel oder ertrinkende

Flüchtlinge – und dabei die Dinge vergaß, die nicht fern waren, sondern nah: der neue Dönerstand um die Ecke, die Furcht, an einem Flüchtlingsheim vorbeizugehen, oder dass die türkischen Nachbarskinder an einem Sonntagnachmittag laut Fangen spielten. Diese Menschen verachteten die Oberschicht und all ihre Symbole. Entsprechend hatte Christian sich gekleidet: Anstelle seines üblichen maßgeschneiderten Anzugs, trug er eine braune Lederjacke über einem schwarzen Shirt. Er sah gut aus. Er ließ sich neuerdings auch einen Dreitagebart stehen, der ihn mehr wie einen Revolutionsführer als einen PR-Berater aussehen ließ.

Dann begann Helene Königs Rede. Die AfD hatte auf dem ganzen Platz Lautsprecher aufstellen lassen und sogar eine riesige Fernsehleinwand aufgespannt, die Königs ebenmäßige Gesichtszüge in fünfzigfacher Größe widerspiegelte. Königs Rede begann langsam und schon allein daran hätte Mia sofort erkannt, dass Christian sie geschrieben hatte. Wie viele Male hatte er ihr erklärt, dass es bei einer Rede entscheidend war, das Gegenüber zuerst in die eigene Welt zu ziehen? Das war genau das, was König jetzt tat. Sie sprach den Anwesenden Dank für ihren Mut aus, der sie auch in harten Zeiten und allen Repressionen zum Trotz auf die Straße geführt hatte. Niemand schien diese Formulierung seltsam zu finden. Fühlten sich die AfDler tatsächlich verfolgt und unterdrückt? Mia hatte darüber noch nie nachgedacht. Sie wusste natürlich, dass es auch gewaltbereite Linke gab, und dass schon mancher AfD-Politiker angegriffen worden war, aber dennoch ... In Königs oder eigentlich Christians Rede klang es so, als wären die AfDler eine unterdrückte Minderheit.

Bei den Demonstranten kamen die Worte jedoch gut an. Genau deswegen war Mia hier. Christian hatte ihr wieder und wieder versichert, dass sie mit Helene König die AfD mäßigten und vor Gestalten wie Höcke oder Gauland schützten. Mia wollte mit eigenen Ohren hören, ob das der Wahrheit entsprach.

An der Rede selbst fand Mia nicht viel auszusetzen. Ja, sie war rechts und Mia war in vielen Dingen anderer Meinung, doch König rief mit keinem Wort offen zu Hass oder gar Gewalt auf. Stattdessen sprach sie von dem Irrweg der Politik und der Gesellschaft. Davon, dass deutsches Steuergeld in Südeuropa und für Flüchtlinge verschwendet wurde, davon, dass die Gesellschaft sich veränderte. Dass die Grünen (die Grünen schienen ihr Lieblingsfeind zu sein) im Geiste die Politik vor sich hertrieben und die Gesellschaft nach ihren Vorstellungen formten. Die Leute zwangen zu gendern und es gleichzeitig angeblich unter Strafe stellten, Probleme im Bereich der Zuwanderung anzusprechen. Erst dann wandte sich König dem Thema Islam zu und auch hier klangen ihre Worte nicht zu unvernünftig. Der Krieg in Syrien sei vorbei, also sollten die Flüchtlinge nach Hause zurückkehren. Der Staat dürfte nicht wegschauen, wenn in Moscheen in Deutschland frauenfeindliche Töne zu hören seien, die Grenzen müssten geschlossen und Abschiebungen konsequenter durchgeführt werden. Am Ende bekräftigte König ihre Forderung nach einer Volksabstimmung über die Zuwanderungspolitik. Die Deutschen sollten selbst entscheiden dürfen, ob sie in Zukunft in einem Land mit signifikantem oder sogar dominantem Islamanteil leben wollten, oder nicht. All das klang nicht zu schrecklich und doch hatte Mia ab der Mitte der Rede das tiefe Bedürfnis, wegzulaufen.

Es war nicht, *was* Helene König sagte, sondern *wie.* Die Art und Weise, wie sie das Wort *Flüchtlinge* aussprach, so als handelte es sich dabei um lästige Insekten. Wie sie genüsslich den Mund verzog, wenn sie von Abschiebungen sprach, wie ihre Augen zornig funkelten, wenn sie die *Gutmenschen* erwähnte.

Am schlimmsten aber war die Reaktion der Demonstranten. Wenn Königs Rede in ihrer Wortwahl – wenn auch nicht in ihrem Tonfall – einigermaßen gemäßigt war, so ließen die Sprechchöre der Menge keinen Zweifel daran, worum es den Menschen hier eigentlich ging. Mit glänzenden Augen starrten die Rechten auf die Bühne und klatschten und johlten, wann immer sich Helene König dem Thema Ausländer auch nur näherte. Sie ging dabei geschickt vor. Wie eine Liebhaberin, die ihren Liebsten nicht direkt berührte, sondern mit ihrem Atem zum Schaudern brachte. Die Reaktion wurde dadurch nur umso stärker. Mia begriff, wie Christian seine Rede aufgebaut hatte. Christian wusste genau, was die Menschen hier hören wollten, doch er gab es ihnen nicht sofort. In den ersten zehn Minuten wurde das Thema Ausländer nur kurz gestreift. Dann öfter erwähnt, aber sachlich, ohne harte Worte. Die Demonstranten reagierten nur umso stärker. Sie applaudierten und stampften mit den Füßen, begierig darauf, das zu hören, weswegen sie gekommen waren. Ihre Geduld wurde belohnt. Am Ende der Rede ging es nur noch um den Islam und Zuwanderer. Als König die Rückkehr der Flüchtlinge und ihre Volksabstimmung forderte, stöhnte die Menge auf, als erlitte sie einen kollektiven Orgasmus.

»Darum«, rief König am Schluss. »Um diese Dinge durchzusetzen, bewerbe ich mich um den Parteivorsitz der Alternative für Deutschland *und* um die Kanzlerkandidatur 2021!«

Unter dem Jubel der Masse verließ Mia den Platz.

Sie ging nicht nach Hause. Wozu auch? Christian würde nicht dort sein. Sie kannte ihn. Er würde eine Nachbesprechung mit König und ihrem Team haben, dann im Büro mit seinen Mitarbeitern die Meinungen und Kommentare in den sozialen Medien auswerten und danach würde er jeden einzelnen Presseartikel über die Demonstration lesen und beurteilen. Nein, wenn Mia jetzt nach Hause ging, würde sie nur alleine auf der Couch sitzen, lesen und sich fragen, wo ihr Mann war, was er tat. Ob er und König die Demonstration nicht mit einem Glas Wein feierten ... und selbst wenn er zeitig nach Hause käme. Worüber würden sie sprechen? Christian wusste nicht, dass sie die Demonstration besucht hatte, und würde sie ihr gegenüber nur knapp erwähnen.

Ein kalter Wind wehte ihr entgegen, sodass Mia ihren Mantel enger zog. Sie befand sich immer noch in der Nähe des Alexanderplatzes. In der Regel waren nach einer Demonstration die Straßen und U-Bahnen überfüllt, immerhin machten sich tausende Menschen auf den Weg in eine Richtung. Aber da Mia die Demonstration früher verlassen hatte, waren die Straßen weitgehend leer. Die Polizei hätte Mia beinahe nicht hinausgelassen. »Wir versuchen, Linke und Rechte auseinanderzuhalten«, erklärten die Polizisten. »Das dient Ihrer eigenen Sicherheit.«

»Ich bin bei den Grünen«, sagte Mia kühl und deutete auf die linke Gegendemonstration. »Ich bin dort draußen zweifellos sicherer.« Die Polizisten sahen sie überrascht an. »Bei den Grünen? Was machen Sie dann hier?«

»Es kann nicht schaden, sich auch die Argumente der Gegenseite anzuhören.«

Nachdem sie die Demonstration verlassen hatte, wanderte Mia nachdenklich durch die Straßen der Berliner Innenstadt. Sie liebte Berlin. Eigentlich stammte ihre Familie aus Brandenburg, aber die Stadt hatte sie schon in ihrer Jugend in ihren Bann gezogen. Berlin. Eine Stadt voller Charme und Möglichkeiten. Eine Stadt, in der jeder nach seiner Fasson selig werden konnte.

Der schneidende Wind zwang Mia schließlich in das nächste Café. Es war ein typischer moderner Coffeeshop mit exotischen Kaffeesorten aus Kolumbien und Äthiopien, einer Wollmütze tragenden Barista und Studenten, die an den Tischen eifrig in ihre Laptops tippten. Mia sog die Atmosphäre genüsslich ein. Auf der AfD-Demonstration hatte Weltuntergangsstimmung geherrscht. Hier dagegen war es gemütlich und nett. Ein Symbol einer entspannten Zeit.

Mia bestellte sich einen schwarzen Kaffee – die Barista riet ihr zum Äthiopischen – und setzte sich an einen hohen Holztisch.

Warum rege ich mich eigentlich so auf, fragte sie sich, während sie genüsslich den bitteren Geschmack einsog. *Wir leben in einer Demokratie. Die AfDler haben ein Recht auf eine andere Meinung.*

Und Christian? Mia hatte sich immer für eine tolerante Frau gehalten, aber könnte sie auch eine völlig andere politische Meinung bei ihrem Ehemann tolerieren? Könnte Sie es tolerieren, wenn Christian die AfD weiter beriet?

Das Problem bei Christian war nicht, dass er eine andere politische Überzeugung als Mia hatte, sondern dass er über gar keine verfügte. Für ihn war alles nur ein

Spiel, in dem er eine Rolle übernahm. Auf seltsame Art und Weise fand sie das sogar noch schlimmer, als wenn Christian wirklich rechts gewesen wäre.

»Mia?«

Ein Mann war vor ihr aufgetaucht. Es dauerte eine Weile, ehe sie ihn erkannte. Er trug eine Brille, hatte viel zu lange Vorderzähne und Sommersprossen im Gesicht. Mia riss die Augen auf. »Daniel!«, sagte sie und umarmte ihn.

Er löste sich mit leicht rotem Gesicht aus ihrer Umarmung. »Ich habe dich zuerst gar nicht erkannt. Wie lange ist es jetzt her? Fünf Jahre?«

Sie tauschten einen etwas betretenen Blick. Mia und Daniel hatten zusammen studiert und waren in Universitätstagen beste Freunde gewesen. Allerdings nur bis Daniel ihr seine Liebe gestanden und sie ihn recht harsch zurückgewiesen hatte.

»Setz dich doch«, sagte Mia rasch. »Was machst du denn hier? Ich habe ewig nichts mehr von dir gehört. Unterrichtest du in Berlin?«

Daniel setzte sich ihr gegenüber. »Nein. Der Lehrberuf war nichts für mich. Kinder ... Ich weiß nicht, was ich mir dabei gedacht hatte. Ich hatte teilweise Angst, in die Klasse zu gehen.«

Mia berührte ihn mitfühlend am Arm. Der arme Daniel. Er war immer so sensibel gewesen. »Ich weiß, was du meinst. Es gibt auch Tage, wo mir alles zu viel zu werden scheint.«

»Das kann ich kaum glauben. Du konntest immer gut mit Menschen umgehen.«

Mia musterte ihn. Zuerst hatte sie geglaubt, dass Daniel sich kaum verändert hatte. Jetzt aber sah sie, dass das nicht stimmte. Seine Haltung war selbstbewusster und seine Züge härter geworden. Er schien auch seine Eigenart abgelegt zu haben, seinem Gegenüber niemals in die Augen zu sehen. »Und was machst du jetzt?«, fragte sie ehrlich interessiert. Er wirkte nicht gerade traurig darüber, dass es mit seiner Lehrkarriere nichts geworden war.

Daniel reckte stolz das Kinn. »Ich bin parlamentarischer Mitarbeiter bei den Grünen«, sagte er lächelnd. »Und seit Kurzem arbeite ich auch als Assistent von Robert Habeck.«

Mia pfiff durch die Zähne. »Nicht schlecht.«

Er grinste. »Ich hatte Glück. Ich kannte Habeck schon gut, bevor er Parteivorsitzender wurde und nach Berlin kam. Bist du noch in der Partei?«

»Ja. Aber nur noch als zahlendes Mitglied.« Mia hörte das Bedauern in ihrer eigenen Stimme.

»Eine Schande«, sagte Daniel. »Du hattest immer ein Talent, Menschen zu begeistern.« Plötzlich wurde Daniels Blick ernst. »Die Bundestagswahl steht an.« Er blickte auf die Straße. »Und die Rechten mobilisieren ihre Anhänger. Diese Helene König ist mir nicht geheuer. Ich komme gerade von der Demonstration gegen sie.«

Natürlich kam er von der Gegendemonstration. Mia verschwieg, dass sie selbst auf der AfD-Demo gewesen war. Doch irgendwie fühlte sie sich genötigt, König zu verteidigen. »Sie ist doch immerhin eine Verbesserung zu Gauland und Höcke. Findest du nicht?«

Daniel schüttelte heftig den Kopf. »Mir ist eine AfD, die offen stolz auf die Leistungen der Wehrmachtssoldaten ist, lieber als eine, die ihre Gesinnung freundlich verpackt und ihre radikalen Forderungen hinter einem hübschen Gesicht versteckt«, erklärte er. »Ein Björn Höcke könnte niemals deutscher Kanzler werden, aber eine Helene König?« Er machte eine vielsagende Pause.

König als Kanzlerin? Der Gedanke schien absurd und Mia wollte schon widersprechen, als ihr all die Länder einfielen, in denen rechte Parteien Wahlen gewonnen hatten. Nein. Unmöglich war es nicht.

Daniel schien ihre Gedanken lesen zu können. »Wenn es dazu kommt, dann müssen wir uns wehren«, sagte er. »Und dann brauchen wir jedes Talent.« Er griff in seine Tasche. »Falls du irgendwann wieder aktiv werden willst. Hier ist meine Karte.«

Damit trank er seinen Kaffee aus und ging davon.

Mia starrte nachdenklich auf die Adresse.

Christian

(AfD-Parteitag in Bamberg, März 2021)

»Sprich nicht mit denen, Jürgen! Verdammte Lügenpresse. Die drehen dir das Wort im Mund um!«

Christian sah zwei alte Männer, die wütend eine Reporterin anfunkelten.

Die Reporterin hielt einem der Männer ihr Mikrophon vor das Gesicht. »Im Gegenteil. Wir wollen mit Ihnen reden und nicht nur über Sie«, sagte die Frau. Sie war noch recht jung. Ende zwanzig vielleicht. »Für wen werden Sie heute stimmen?«

Der ältere Herr, der eben erst seinem Parteikollegen geraten hatte, nicht mit den Medien zu sprechen, räusperte sich. »Für Helene König natürlich!«, verkündete er im Ton vollkommener Überzeugung.

Die umstehenden Delegierten nickten. Die meisten von ihnen schienen Helene König zu unterstützen.

»Haben Sie denn das Gefühl, dass die bisherigen Parteivorsitzenden Gauland und Meuthen ihre Arbeit schlecht gemacht haben?«, fragte die Reporterin. Obwohl sie sich sichtlich Mühe gab, die Frage neutral und freundlich zu stellen, verzog der Mann den Mund. »Da seht ihrs!«, rief er aufgebracht. »Typisch Medien. Subjektive Berichterstattung. Versuchen, einem Worte in den Mund zu legen!«

Christian trat näher heran. Die meisten AfD-Mitglieder fühlten sich von den Medien grundsätzlich schlecht behandelt.

»Was hat Helene König denn Herrn Meuthen voraus, dass sie lieber Frau König unterstützen?«, hakte die Reporterin nach.

Der Mann strich sich über die Halbglatze. Er schien nicht so recht zu wissen, was er sagen sollte. »Wir brauchen einfach neue Gesichter in der Partei«, donnerte er schließlich und sah sich um, so als fürchtete er den Widerspruch seiner Parteikollegen. »Und jetzt lassen Sie mich in Ruhe. Wir wissen doch alle, dass Sie meine Antworten zusammenschneiden, um uns schlecht darzustellen!«

Andere AfDler nickten und warfen der Frau feindselige Blicke zu.

Die Reporterin verhielt sich vollkommen souverän. Auf einen Wink ihres Kameramanns hin wirbelte sie herum und strahlte in die Kamera. Offensichtlich hatte sie gerade eine Live-Schaltung bekommen. »Ich melde mich hier live vom AfD-Parteitag, wo heute der Spitzenkandidat oder die Spitzenkandidatin für die Bundestagswahl gewählt wird«, sagte sie und deutete in die Menge. Die Herausforderung bei einer Live-Reportage war, etwas in die Kamera zu sagen, obwohl eigentlich noch gar nichts geschehen war. Doch sie hatte Glück. Sie hatte *wirklich* etwas zu berichten.

»Die Delegierten haben eben einem Antrag zugestimmt, dass die AfD erstmals nicht mit einem Spitzenduo, sondern mit einem alleinigen Spitzenkandidaten in die Bundestagswahl zieht«, berichtete die Reporterin. »Ein Novum in einer Partei, die ihrer eigenen Führung bislang ebenso misstraut hat wie der etablierten Politik.«

Bei diesen Worten begannen einige der umstehenden AfDler zu buhen.

Der Parteitag hatte eine halbstündige Pause ausgerufen und die Delegierten besorgten sich Bratwürste, unterhielten sich in Gruppen und schimpften natürlich auf die Medien und die linken Gegendemonstranten auf der Straße.

»Lügenpresse!«, rief der Mann von eben wieder. Andere stimmten ein.

»Wie Sie hören können, ist die Stimmung hier aufgeheizt!«, sagte die Reporterin über die Rufe hinweg.

Sie musste beinahe schreien. »In etwa zwanzig Minuten wird die mit Spannung erwartete Rede von Helene König beginnen! Frau König wird hier von vielen als eine Art Hoffnungsträgerin gesehen, die ihre angeschlagene Partei aus der Krise führen soll. Und damit zurück nach Berlin«, fügte sie rasch hinzu, woraufhin ihr Kollege hastig seine teure Kamera einpackte.

Die Worte machten die Menge nur noch wütender.

»Krise?!«, rief einer. »Wir haben in Ostdeutschland unglaubliche Ergebnisse erzielt!«

»Typisch Medien! Ihr wünscht euch das ja!«, sagte eine hysterisch klingende Frau.

Da entschied Christian einzugreifen. »Was ist hier los?«, fragte er mit harter Stimme.

Die beiden Männer deuteten auf die Reporterin. »Sie hat versucht, uns Worte in den Mund zu legen!«

»Es ist die Aufgabe der Medien, uns kritische Fragen zu stellen«, gab Christian freundlich, aber bestimmt zurück. Er sah zu der jungen Reporterin. »Ich fürchte, die beiden Delegierten hier sind nicht in der Stimmung, Fragen zu beantworten, aber wenn Sie möchten, kann ich Ihnen ein kurzes Interview geben.«

Die beiden Männer sahen ihn grimmig an. »Du bist ja nicht mal Parteimitglied«, murmelte einer von ihnen, aber die Reporterin nickte zufrieden. Sie wusste zweifellos, wer Christian war, und zog es vor, mit einem der Strippenzieher von Frau Königs Kampagne zu sprechen, als sich von einfachen Parteimitgliedern als Lügenpresse beschimpfen zu lassen. Christian seufzte innerlich. Er gab sich seit Wochen Mühe, das Verhältnis zwischen der AfD und den Medien zu verbessern. Aber so richtig gelingen wollte es ihm nicht. Die Parteimitglieder misstrauten den Reportern zutiefst, fühlten sich grundsätzlich schlecht behandelt und meinten – nicht ganz zu Unrecht –, dass ihre Partei, wenn überhaupt, nur negativ in den Medien erwähnt wurde. Doch während es Helene König gelungen war, diesen Kreislauf zu durchbrechen und ein produktives Verhältnis zu der Presse aufzubauen, setzten die meisten einfachen AfD-Mitglieder immer noch auf Feindschaft und Konfrontation.

Christian gab der jungen Reporterin einige Standardantworten und schickte sie dann mit einem freundlichen Lächeln fort. Anschließend drehte er wieder seine Runde durch den Saal.

Der AfD-Parteitag dauerte drei Tage lang. Heute, am zweiten Tag, würde es zur großen Entscheidung kommen. Die Wahl zum oder zur Parteivorsitzenden. Schon gestern hatte Helene Königs Fraktion einen Sieg errungen. Herbert Kingls Antrag, dass die AfD fortan nur einen oder eine Parteivorsitzende haben sollte, wurde mit knapper Mehrheit angenommen. Ein Novum und nur möglich, weil Höckes Flügel den Antrag unterstützt hatte.

Doch auch die alte Garde der AfD schlug zurück. Gauland, Weidel und Meuthen vereinten ihre Stimmen und entschieden, dass Jörg Meuthen als gemeinsamer Gegenkandidat zu Helene König aufgestellt werden würde. Zwar war Christian überzeugt, dass kein Mensch mit dem geringsten Sinn für Politik Meuthen Helene König vorziehen würde, aber würde eine Partei voller rechter alter Männer sich von einer jungen Frau führen lassen?

Christian kam an der Tür zum Besprechungsraum vorbei. Dort saß Helene König, ging ihre Rede durch und unterhielt sich mit ihren Vertrauten. Christian hatte diese Rede geschrieben, war jedoch am Morgen gebeten worden, den Raum zu verlassen. Er sei schließlich kein Parteimitglied und gewisse Dinge müssten intern bleiben. Bei dem Gedanken daran biss Christian sich instinktiv auf die Zunge.

»Die Pause ist beendet«, dröhnte es plötzlich vom Podium. »Wir bitten die Delegierten, ihre Plätze einzunehmen. Helene König wird jeden Augenblick ihre Bewerbungsrede halten.«

Der Reihe nach setzten sich die Delegierten in Bewegung. Christian hatte einen Gastausweis für den Parteitag bekommen, doch er war weder ein Delegierter noch ein Medienvertreter, darum wusste er nie so ganz, wo er sitzen sollte. Am liebsten wäre er dem Trubel ganz ferngeblieben, aber König hatte auf seine Anwesenheit bestanden. Also ging er in den hinteren Bereich, wo einige Reporter und Kameramänner eifrig debattierten.

»Beeil dich«, drängte ein ZDF-Reporter seinen Kameramann. »Wir brauchen die ganze Rede auf Video.«

»Macht euch keine Sorgen«, mischte sich eine schlanke und elegant gekleidete Reporterin ein. »König wird erst dann auftreten, wenn alle an ihren Plätzen sind, und dann wird sie die Leute warten lassen. Das machen Superstars so.«

»Superstar? Sie ist Politikerin und keine Popsängerin.«

»König ist ein Star.« Die Frau deutete auf die Delegierten. »Und das hier sind ihre Groupies.«

Plötzlich ging ein Raunen durch die Menge. »Helene! Helene! Helene!«, hallte es durch den Saal. Nicht zufällig. Christian hatte sichergestellt, dass Helene Königs Anhänger gleichmäßig im Saal verteilt waren und genau wussten, wann sie was rufen sollten.

»Helene!«

»Wir wollen Helene!«

Andere stimmten ein und bald schon hallte der Ruf aus hunderten Mündern. Er war wie eine Melodie. Wie ein Lied, das die Delegierten zu Ehren ihrer Königin sangen. Doch Helene König kam nicht. Jedenfalls nicht sofort. Christian wusste nicht, woher die Fähnchen kamen, doch plötzlich hielt jeder Delegierte ein Winkelfähnchen in den Händen. Manche hatten das Parteilogo der AfD darauf, doch die meisten waren Schwarz-Rot-Gold. Die Fähnchen waren überall und wurden begeistert geschwungen. Christian sog das Bild in sich auf. Die begeisterten Blicke der AfDler, das offensichtliche Unwohlsein der alten Garde und die frenetischen Helene-Rufe. Es schien, als hätten sie die Wahl bereits gewonnen.

»Kein Superstar?«, raunte die Reporterin ihrem Kollegen zu.

Seine Antwort ging im Aufschrei der Masse unter. Helene König war auf die Bühne getreten. Die Delegierten sprangen auf, stampften, jubelten und warfen einander dabei grinsende Blicke zu. Auch unter die Reporter geriet Bewegung. Die Kameramänner knipsten und knipsten, als versuchten sie, jede Bewegung, jeden Wimpernschlag von Frau König festzuhalten.

Alles läuft wie geplant.

König trat an das Rednerpult und hob die Hand. Es war eine simple Bewegung, ein leichter Gruß. Doch er löste schiere Begeisterung unter den AfD-Anhängern aus. Sie lächelte, ehe sie ihre Hand erneut bewegte und der Menge damit bedeutete, sich zu beruhigen. Sofort kehrte Stille ein. Doch erst als auch der letzte Laut verstummt war, begann sie zu sprechen.

»Meine lieben Freunde«, sagte sie mit weicher Stimme und strich sich eine blonde Strähne aus dem Gesicht. »Eigentlich möchte ich heute nicht hier sein.«

Genau wie Christian erwartet hatte, sahen sofort alle auf. Eine Überraschung zu Beginn einer Rede war ein guter Weg, um sich die Aufmerksamkeit eines Saals zu versichern.

»Ich möchte heute nicht hier sein«, führ König mit langsamer Stimme fort. »Belagert von gewaltbereiten Demonstranten. Wissend, dass mein Bild durch die Medien gezerrt, verstellt und verunstaltet wird. Wissend, dass man Lügen erfinden und mich beschimpfen wird.« Sie hielt inne und gab ihren Worten Zeit, in die Köpfe ihrer Zuhörer zu dringen. Christian war stolz auf sie. Sie sprach klar und deutlich, doch ohne die ständig unterdrückte Aggression oder aufgesetzte Emotionalität, die man bei so vielen anderen AfD-Vertretern hörte. Sie sprach, so wie sie am Küchentisch zu ihrer Familie sprechen würde. Ehrlich und authentisch. Genau darauf hatte Christian sie gecoacht.

»Niemand von uns will heute hier sein«, sagte König. »Wir alle haben Familien und Freunde, mit denen wir Zeit verbringen wollen. Wir wollen wandern, lachen, singen.« Sie lächelte und schloss eine Sekunde lang die Augen, so als schwelgte sie in glückseligen Erinnerungen. Doch als sie ihre Augen wieder öffnete, feuerten sie Blitze.

»Aber wir können nicht«, sagte sie und betonte jede Silbe. »Wir dürfen nicht. Man lässt uns nicht! Wir *müssen*«, sie wiederholte das Wort. »Wir *müssen* hier sein. Wir müssen aufstehen, wir müssen uns wehren!« Sie hatte die Stimme nicht erhoben. Dennoch knallten ihre Worte plötzlich wie Peitschenhiebe durch den Raum. »Wir müssen uns einsetzen. Denn, meine lieben Freunde, unser Land befindet sich auf einem Irrweg! Es ist wie ein Schiff, dessen Steuermann betrunken auf den Rand der Welt zufährt. Alle sehen den Abgrund, aber niemand will etwas sagen. Alle fürchten die Reaktion der anderen. Niemand will sich den Fehler eingestehen. Also lenken sich die Matrosen ab. Sie sehen in andere Richtungen, sie spielen Karten oder singen betrunkene Lieder. Sie verschließen die Augen und beschimpfen jeden, der ihre heile Welt stört.« König richtete sich zu ihrer vollen Größe auf. Ihre Pupillen wanderten den Saal ab, suchten den Blickkontakt zu ihren Anhängern.

In der normalen Bevölkerung wäre diese Rede zu radikal und die Wortwahl zu sonderlich gewesen. Doch für den AfD-Parteitag erzeugte sie genau die richtige Stimmung. Die Menschen hier hatten ja ohnehin das Gefühl, sich in einer von Linken und den Medien belagerten Festung zu befinden.

»Aber unsere Augen sind offen«, flüsterte König in das Mikrophon. »Wir sehen«, sagte sie etwas lauter. »Wir hören.« Normale Lautstärke. »Wir *schmecken* die Wahrheit. Und …« Sie hob die Hand. »Wir fürchten uns nicht davor, sie auszusprechen!«

Die Leute jubelten und klatschten. Doch König sprach weiter. Manche Politikerreden bauten absichtlich lange

Pausen ein, um den Leuten Gelegenheit zum Jubeln zu geben. Solche Reden waren simpel. Angriff auf den politischen Gegner – obligatorisches Klatschen. Nächster Angriff – nächstes Jubeln. Solche Reden waren oft nicht mehr als aneinandergereihte Einzelsätze. Helene Königs Rede dagegen war aus einem Guss.

»Darum sind wir heute hier«, sagte sie. »Darum sind wir nicht bei unseren Familien und Freunden. Darum trinken wir nicht entspannt Wein oder grillen in unseren Gärten. Weil wir die Wahrheit sehen und weil irgendjemand die Wahrheit aussprechen *muss.* Weil wir den Steuermann auswechseln müssen!«

Nach dieser langen Einleitung, die die Anhänger der AfD zu den Helden der Wahrheit hochstilisierte, wandte König sich den üblichen Themen zu: die Vorherrschaft linker Meinungsbilder, die Indoktrinierung und Übersexualisierung von Kindern in den Schulen, die Zerstörung der Familien und natürlich die Zuwanderung. Christian hatte die übliche Palette gewählt. Die Argumente waren nicht anders als bei Gauland, Weidel oder selbst Höcke. Doch der Tonfall unterschied sich. König schrie nicht »Deutschland!« ins Mikrophon, sondern sprach sanft und eloquent.

»Meine lieben Freunde«, sagte sie erneut. »Beim Thema Zuwanderung ist unser Land den größten Irrweg gegangen. Unsere Politiker, unsere Steuermänner, haben die Zuwanderungsgesellschaft Deutschland ausgerufen. Sie haben gesagt, wir bräuchten Syrer, Türken, Afrikaner. Und wer weiß. Vielleicht stimmt das sogar.« Die Delegierten sahen sie überrascht an. Christian lächelte.

»Vielleicht stimmt es, dass wir ohne Zuwanderung ärmer wären. Vielleicht stimmt es, dass die deutsche Wirtschaft ohne Zuwanderung langsamer wachsen würde.« Sie hielt inne. So als wäge sie ihre nächsten Worte sorgfältig ab.

Der ganze Saal starrte gebannt zum Podium. Auch die Reporter. Mit ihren Worten hatte König ein Rätsel gestellt, und jeder wollte die Auflösung wissen.

»Vielleicht bringt Zuwanderung uns auch keinen Nutzen. Das ist nicht der Punkt. *Das ist nicht der Punkt!«* Sie rief den letzten Satz. Der Effekt war umso größer, weil sie bislang so sanft und ruhig gesprochen hatte. »Meine lieben Freunde, es spielt keine Rolle, was irgendwelche Experten sagen. Es spielt keine Rolle, was die Politiker sagen. Die Veränderung unserer Gesellschaft von einer deutschen Mehrheit hin zu einer multikulturellen Gesellschaft ist fundamental. Sie verändert alles. Unser Straßenbild, unser Zusammenleben. Sie betrifft uns alle. In jeder Stadt, in jedem Dorf. Arm oder reich. Jung oder alt. Alle und alles.«

Sie holte tief Luft und betonte jede Silbe ihrer nächsten Worte. »Genau deswegen fordere ich die Volksabstimmung. Denn die Menschen selbst haben das Recht, zu entscheiden, in welchem Land und welcher Gesellschaft sie leben wollen.« Sie hielt inne und lächelte warm und freundlich. »Und wenn sich die Menschen entscheiden, dass sie nicht mit Millionen Muslimen und Afrikanern in einem Land leben wollen, werden wir diesen Wunsch erfüllen.«

Sie verzog das Gesicht und ließ dabei offen, wie sie so einen Wunsch erfüllen würde. Christian runzelte die Stirn. Er hatte diesen Satz nicht geschrieben, doch bei der Menge kam er zweifellos an. Die Delegierten sprangen auf und riefen immer wieder: »Volksabstimmung! Volksabstimmung! Volksabstimmung!« Die Rufe gingen irgendwann über in: »Helene! Helene! Helene!« Die Rede war nicht allzu lang gewesen, gerade lange genug, um ernsthaft zu wirken, und knapp genug, um die Delegierten mitzureißen. Angesichts der jubelnden Parteimitglieder konnte es keinen Zweifel daran geben, dass Helene König die Wahl zur Parteivorsitzenden gewinnen würde.

Christian warf einen Blick zu Meuthen, Gauland und Weidel, die am Seitentisch saßen und mit versteinerten Mienen zusahen, wie sie die Kontrolle über ihre Partei verloren. Der Jubel hallte minutenlang durch den Saal. Erst als König vom Podium trat und sich in die erste Reihe der Delegierten – und nicht an den Seitentisch der alten Garde – setzte, verklang der Jubel langsam. Die Organisatoren traten an das Mikrophon und kündigten als nächstes die Bewerbungsrede von Jörg Meuthen an, und obwohl niemand buhte, war auf den Gesichtern der Delegierten doch deutlich zu sehen, dass seine Rede von Anfang an keine Aussicht auf Erfolg haben würde.

Das schien auch Meuthen klar zu sein. Verunsichert und beinahe widerwillig erhob er sich von seinem Platz. Als er an das Podium trat, herrschte Totenstille. Niemand rief seinen Namen, niemand jubelte, niemand klatschte. Der Unterschied zu Helene König hätte nicht deutlicher sein können.

Meuthen räuspert sich laut vernehmlich.

»Meine sehr geehrten Damen und Herren«, sagte er steif, wobei ihm Schweißperlen über die Stirn liefen. »Ich ...« Er holte tief Luft. »Ich ziehe meine Kandidatur hiermit zurück.« Damit wandte er sich ab und ging mit lebloser Miene zurück zum Tisch der alten Garde.

Die Delegierten sprangen schreiend und jubelnd auf.

Meuthen tat Christian beinahe leid. Es musste hart sein, von der eigenen Partei dafür bejubelt zu werden, dass man *nicht* antrat.

Die schlanke Reporterin grinste ihren Kollegen an. »Ich habe es dir doch gesagt«, sagte sie. »Das ist keine Wahl, das ist eine Hinrichtung von Helene Königs Gegnern.«

Doch der ältere ZDF-Reporter schüttelte den Kopf und starrte auf die jubelnden Massen und die lächelnde Helene König, die jetzt ohne Gegenkandidaten zur alleinigen Parteivorsitzenden gewählt werden würde.

»Das ist keine Hinrichtung«, sagte er.

»Das ist eine Krönung.«

Christian

(Berlin, 14. März 2021)

Sie saßen zu dritt in Christians Besprechungsraum. Christian, Helene König und Herbert Kingl. Die Schlacht um den Parteivorsitz war gewonnen. Helene König hatte 92 % der Stimmen erhalten. Doch der Wahlkampf hatte erst begonnen.

»Wir haben zwei Wochen, um uns auf die Landtagswahl in Sachsen-Anhalt vorzubereiten«, sagte Christian. »Wenn wir diese Wahl gewinnen, müssen wir die Landtagswahlen in Baden-Württemberg und in Rheinland-Pfalz fechten und dann geht es direkt in die Bundestagswahl.«

König seufzte. Der Kampf um den Parteivorsitz hatte zwei ganze Monate in Anspruch genommen. Zwei Monate, in denen König täglich Interviews gegeben, Wahlkampfauftritte abgehalten und Strategien besprochen hatte. Zweifellos war sie müde und hatte gehofft, sich ein wenig erholen zu können.

Vielleicht funkelte Herbert Kingl Christian deswegen so zornig an. »Wir haben uns doch sicher alle ein Wochenende Pause verdient!«, sagte Kingl. »Die Landtagswahl in Sachsen-Anhalt wird ohnehin vom dortigen Landesverband organisiert. Sie, Herr Jäger, sollten sich dort nicht einmischen. Sie sind ja nicht mal Parteimitglied.« Kingl schürzte die Lippen, als wäre nicht Parteimitglied zu sein, das Widerwärtigste, das er sich nur vorstellen konnte.

Helene König hob die Hand. »Ist schon gut, Herbert«, sagte sie und klang abgekämpft. Zweifellos wusste sie, dass sie sich jetzt nicht ausruhen konnte. Die Landtagswahl in Sachsen-Anhalt würde ihr erster Test als Parteivorsitzende sein und sie brauchte einen Sieg, oder man würde sie bald in Frage stellen. Leider waren die Voraussetzungen für die Landtagswahl in Sachsen-Anhalt alles andere als gut.

»Die AfD hat bei der letzten Wahl in Sachsen-Anhalt ein Rekordergebnis eingefahren«, sagte Christian. »Beinahe fünfundzwanzig Prozent. Alles darunter wird in den Medien genüsslich als Niederlage dargestellt werden. Und die Umfragen sagen voraus, dass wir wenigstens fünf Prozentpunkte verlieren werden. Eher mehr.«

Kingl runzelte die Stirn. »Sicher können wir klarstellen, dass diese Wahl nichts mit Helene König und der Bundespartei zu tun hat, sondern die alleinige Verantwortung der dortigen Landespartei ist, oder?«

So war Kingl. Immer um Schadensbegrenzung bemüht. Doch wenn sie siegen wollten, dann mussten sie von der Verteidigung zum Angriff übergehen.

Königs Smaragdaugen fixierten Christian. »Wie sieht Ihr Plan aus?«, fragte sie.

Christian deutete auf die Tafel. »Das Problem in Sachsen-Anhalt ist der Spitzenkandidat – Martin Reichhart. Er ist ziemlich farblos. Kein Mann, der irgendjemanden stört, aber auch niemand, dem man die Rolle als potentieller Ministerpräsident abnimmt.«

König zog die Brauen hoch. »Wir können wohl kaum zwei Wochen vor der Landtagswahl den Spitzenkandidaten austauschen. Selbst *wenn* die Bundespartei dazu überhaupt berechtigt wäre, was sie nicht ist.«

»Ja. Aber wir können Sie, Frau König, in den Fokus der Wahl stellen«, sagte Christian begeistert. »Wir erstellen im Eildurchlauf eine neue Plakatserie. Wir machen die Wahl in Sachsen-Anhalt zur Entscheidung über die Bundespolitik. Noch haben wir genug Zeit. Wenn wir schnell vorgehen, können wir die Plakate die ganze letzte Woche über im Einsatz haben.«

König runzelte die Stirn. »Wenn wir mit dieser Strategie scheitern, würde die Niederlage in Sachsen-Anhalt eindeutig und unbestreitbar *meine* Niederlage werden.«

Wie immer, wenn es darum ging, Christian zu widersprechen, stimmte Kingl ihr sofort zu. »Viel zu riskant«, verkündete er und verzog den Mund.

»Darum müssen wir *all in* gehen.«

»*All in*?«

Christian nickte.

»Und wie sollen wir das anstellen?«, fragte Kingl genervt.

Christian griff in seine Mappe und holte ein Dokument hervor. Kingl sah es sich an, riss die Augen auf und reichte es dann an König weiter. »Ein TV-Duell«, las sie vor. »Mit Manuela Schwesig?«

Christian nickte. Schwesig war die Ministerpräsidentin von Mecklenburg-Vorpommern und eine der letzten Größen in der SPD.

»Sie glauben, Schwesig wird sich mir in einem TV-Duell stellen?« Helene König runzelte die Stirn. »Ja, das wird sie«, sagte Christian. Frau Schwesig muss ihr Profil schärfen. Bald wird sich entscheiden, wer für die SPD in die Bundestagswahl geht. In der SPD steht der Kampf gegen rechts ganz oben an. Wenn Schwesig sich gegen Sie in ein TV-Duell traut, wird ihr das helfen, ihre Anhänger zu mobilisieren.«

»Und uns unsere«, griff König den Gedanken auf. Sie nickte schließlich. »Ja. Ja, die Idee ist gut. Sind Sie sicher, dass Sie das arrangieren können?«

Christian lächelte. Er hätte es nicht vorgeschlagen, wenn er es nicht arrangieren könnte. »Mein Assistent ist bereits dran. Die anderen Parteien haben ein Interesse daran, sich zu profilieren. Das können sie im Augenblick am besten in der Debatte mit uns.«

König nickte. »Gut, sehr gut.« Sie besprachen einige weitere Details. Als sie fertig waren, sah König Christian plötzlich seltsam an. »Herr Jäger, könnte ich Sie einen Augenblick allein sprechen?«, fragte sie ihn.

»Natürlich.« Er sah zu Kingl, der einen Augenblick lang nicht reagierte und sich dann laut räusperte. »Dann warte ich besser draußen«, sagte er misstrauisch.

Als sie allein waren, ging König durch das Büro. »Sie haben großartige Arbeit geleistet. Das habe ich Ihnen noch gar nicht gesagt.«

»Danke.«

Christian stand am Fenster und sah auf das Treiben an der Straße hinab. Plötzlich stellte König sich neben ihn. So nah, dass sich ihre Arme beinahe berührten.

»Aber es wird auf Dauer nicht ausreichen«, sagte König.

Er zog Augenbrauen nach oben. »Nein?«, fragte er.

»Nein«, antwortete König und holte Luft. »Sie haben mir geholfen. Ohne Sie hätte ich es nicht geschafft, so schnell zur Parteivorsitzenden aufzusteigen.«

Er verzog die Lippen. »Was wollen Sie damit sagen?«

König kam noch einen Schritt näher, sodass er ihr Parfum riechen konnte. Es war ein wundervoller Duft, leicht und frisch. Sie berührte seinen Arm. Er wusste, er hätte die Berührung beenden sollen, doch plötzlich war sein Körper wie elektrisiert. Sie schenkte ihm einen tiefen Blick aus ihren bezaubernden Augen. Christians Herz schlug schneller und er wusste, dass er sich wie ein

Schuljunge benahm. Er beruhigte seinen Atem und zwang seine Gedanken zur Ordnung. »Ich wiederhole«, sagte er und klang dabei härter als beabsichtigt. »Was wollen Sie mir damit sagen?«

»Das wissen Sie doch selbst«, sagte sie und lehnte sich ein Stück weit näher an ihn. Ihr Gesicht war auf der Höhe seiner Schultern und ihr Kopf leicht angehoben, sodass er beim Sprechen direkt auf ihre Lippen starrte. »Ich wäre ohne Sie nicht Parteivorsitzende geworden«, sagte sie und betonte jede Silbe.

Er verschränkte die Arme und lehnte sich lässig zurück. »Aber?«

»Aber Herbert hat recht. Sie sind kein Parteimitglied.«

Christian verdrehte die Augen und wollte etwas sagen, doch sie schnitt ihm das Wort ab. »Christian«, sagte sie und gebrauchte zum ersten Mal seinen Vornamen. »Sie sind ein Genie. Aber die AfD-Mitglieder würden es nicht gutheißen, wenn ein Außenseiter, der der AfD nicht einmal positiv gegenübersteht, unseren Wahlkampf organisiert.« Sie sah ihn mit ehrlichem Bedauern an.

Christian nickte. Er war ein Narr, dass er das nicht hatte selbst kommen sehen. Er war der PR-Berater einer Bundestagsabgeordneten gewesen. Doch jetzt war König keine einfache Bundestagsabgeordnete mehr. Sie war Parteivorsitzende.

»Dann nehme ich an, dass unsere Zusammenarbeit nach der Landtagswahl in Sachsen-Anhalt endet?« Als er die Worte sagte, überkamen ihn gemischte Gefühle. Wut und Enttäuschung darüber, dass ihm seine Kampagne aus den Händen gerissen wurde, dass er nicht die volle Strecke laufen konnte. Aber auch Erleichterung. Das Zusammenleben mit Mia wurde mit jedem Tag schwieriger. Jetzt konnte er zumindest seine Ehe reparieren.

König warf ihre Haare zurück und reckte ihren schlanken Hals. »Unsere Zusammenarbeit muss nicht enden.«

»Ach, wollen Sie mich als Fahrer einstellen?«, fragte Christian sarkastisch. »Ich muss Sie warnen, ich fahre wie eine Schnecke.«

König winkte ab. »Ich werde ein Team für den Wahlkampf zusammenstellen. Parteiinterne Leute, ebenso wie externe Experten, und ich will, dass *Sie* dieses Team leiten.«

Christian verstand nicht. »Sie haben doch gerade gesagt ...«

»Sie müssen der AfD beitreten.«

Die Worte hingen wie ein Donnerschlag im Raum. Christian öffnete die Lippen und schloss sie dann wieder. König ließ ihn nicht aus den Augen.

»Ich habe Ihnen doch bereits gesagt, dass ich nicht viel von der AfD halte.«

Sie kam wieder näher. »Und?«, fragte sie. »Ich will, dass Sie ein verdammtes Stück Papier ausfüllen, damit die Kritiker Ruhe geben und ich Ihnen die Leitung unseres Bundestagswahlkampfs übertragen kann.«

Plötzlich überkam Christian Wut. Glaubte König wirklich, dass er sich nach Belieben von ihr herumkommandieren lassen würde? In einem Impuls packte er sie an der Schulter. »Ich bin keine politische Prostituierte und ich werde sicher nicht einer Partei beitreten, nur um einen großen Werbeauftrag zu ergattern.«

Ihre Finger fuhren über seinen Arm und lösten sanft den Griff an ihrer Schulter. Einen Augenblick lang hielt sie seine Hand in der ihren. »Nein, ich glaube, ein Werbeauftrag ist Ihnen gleichgültig«, sagte König. »Aber hier geht es um mehr. Glauben Sie, dass wir die Bundestagswahl gewinnen können?«

Christian überlegte. Seine erste Antwort wäre nein. Die AfD lag in den Sonntagsfragen immer noch weit zurück und keine andere Partei deutete auch nur die geringste Bereitschaft an, mit ihr zusammenzuarbeiten. Andererseits hatte die AfD im Augenblick etwas, über das keine andere Partei verfügte: Momentum. Wenn sie die Wahl in Sachsen-Anhalt gewinnen würden ...

»Ich denke, es hängt davon ab, ob ich den Wahlkampf führe«, sagte er ehrlicherweise.

König grinste. »Gehen wir davon aus, dass Sie es tun. Wenn wir die Wahl gewinnen, werden wir fähige Minister brauchen. Aber wen? Viele AfD-Mitglieder sind politisch vorbelastet und würden von einem Koalitionspartner nicht akzeptiert werden. Gleichzeitig fehlt es uns an erfahrenem Personal.« Sie griff in ihre Handtasche und zog ein Papier heraus. Christian sah, dass es sich um einen AfD-Mitgliedsantrag handelte. »Ist ein Ministeramt das Ausfüllen eines Blattes Papier nicht wert?« Sie drückte ihm den Bogen in die Hand und plötzlich berührten ihre Lippen seine Wange. »Wenn Ihnen die zehn Euro Mitgliedsbeitrag im Monat zu viel sind, dann kann ich Ihnen auch eine reduzierte Mitgliedschaft verschaffen.«

Damit verließ sie den Raum.

Christian hielt das Blatt in der Hand. Er wollte es zusammenzuknüllen und in den Papierkorb werfen. Doch stattdessen öffnete er eine Schublade und legte es hinein. Er würde später über die Sache nachdenken. Wenn sie die Wahl in Sachsen-Anhalt vergeigten, musste er sich über die Zukunft der Kampagne keine Gedanken mehr machen.

Die Landtagswahl im Bundesland der Frühaufsteher wurde in ganz Deutschland mit fiebriger Spannung erwartet. Die Medien setzten schrittweise einen härteren Ton gegenüber Helene König an. War sie zu Beginn noch als Reformerin und Modernisiererin der AfD gelobt worden, wurde sie nun als gefährliche Rechtsextreme bezeichnet. Als Wolf im Schafspelz. Christian war das nur recht. Zu behaupten, eine Politikerin sei gefährlich, weil sie so klug, schön und beherrscht war, war im Kern nichts anderes als Wahlwerbung. Genau diesen Fehler hatten die Medien mit Donald Trump gemacht und nichts deutete darauf hin, dass die Redaktionsstuben irgendetwas daraus gelernt hatten.

Christian beauftragte Michael damit, das TV-Duell mit Manuela Schwesig zu organisieren. Die wichtigsten TV-Studios bombardierten Christian seit Wochen mit Anfragen, dass Frau König sich doch einer Fernsehdebatte stellen sollte, aber er hatte diese Anfragen in weiser Voraussicht abgelehnt und immer wieder erklärt, dass Frau König sich nur einem hochkarätigen Gegner stellen würde. Vor Königs Sieg auf dem AfD-Bundesparteitag hatten die anderen Parteien so ein Duell abgelehnt, aber jetzt schien es so, als sei zumindest Manuela Schwesig bereit, sich König zu stellen.

Während sie das TV-Duell in die Wege leiteten, beschäftigte sich Christian mit dem Wahlkampf in Sachsen-Anhalt. Dafür verlegten sie ihr Hauptquartier kurzerhand nach Magdeburg. Vor seiner Abfahrt hatte Christian einen Beinahe-Streit mit Mia. Als er seiner Ehefrau erklärte, dass er für zwei Wochen die Stadt verlassen würde, um den Landtagswahlkampf der AfD zu organisieren, wünschte sie ihm mit frostiger Stimme viel Glück. Christian entschied, dass er und Mia sich nach der Wahl aussprechen müssten.

Martin Reichhart, der Spitzenkandidat der AfD-Landespartei, war zu Beginn alles andere als erfreut über die Einmischung aus Berlin. Doch bald schon wurde offensichtlich, dass Helene König der AfD einen neuen Schub verlieh. Wo auch immer König als Rednerin angekündigt wurde, kamen zehnmal mehr Menschen als ohne sie. Christian organisierte kurzerhand eine Helene-König-Redetour quer durch das Land. Königs Botschaft für Sachsen-Anhalt war einfach. Das Land der Frühaufsteher wurde ausgebeutet. Nach der Wende hatte der Westen ihnen die Fachkräfte gestohlen, die Industrie demontiert und jetzt wurde Ostdeutschland im Allgemeinen und Sachsen-Anhalt im Besonderen von der Politik in Berlin weitgehend ignoriert. »Wir kümmern uns«, rief Helene König den begeisterten Bürgern zu. »Wir kümmern uns um euch!« Christian ging in den Reden, die er für König schrieb, weit über das AfD-Parteiprogramm hinaus. Die AfD hatte ein Grundproblem darin, dass sie in ihrer Wirtschaftspolitik immer noch keine klare Position gefunden hatte. Manche Anhänger und Landesverbände vertraten Positionen vergleichbar mit denen der FDP, andere Verbände dagegen waren wirtschaftspolitisch näher an der Linkspartei. Unter diesem Widerspruch litten viele Rechtsparteien in Europa. Christian entschied sich schließlich, die Frage auf pragmatische Weise zu lösen. In ihren Reden versprach Helene König kurzerhand allen alles: einen höheren Mindestlohn für die Unterschicht, niedrigere Steuern für die Mittelschicht und Kleinunternehmer und keine neuen Schulden. Die Umfragen dankten es ihnen. Es dauerte nicht lange und die AfD kletterte nach oben. 25 % in Sachsen-Anhalt und 17 % im Bund. Wenige Tage vor der Landtagswahl deutete alles auf ein Kopf-an-Kopf-Rennen zwischen AfD und CDU hin. Damit hing die Entscheidung über Sieg und Niederlage vom TV-Duell mit Schwesig ab.

Das TV-Duell würde am Freitag vor der Landtagswahl stattfinden. Zweifellos waren die Strategen beider Parteien zu dem Schluss gekommen, dass es ihnen leichter fallen würde, ihre Wähler zu mobilisieren, wenn sie die Diskussion möglichst knapp vor der Wahl abhalten würden.

Am Tag vor dem Duell entschied Christian, dass Frau König an diesem Tag auf keinen weiteren Wahlkampfveranstaltungen mehr auftreten sollte. Sie musste sich erholen. Jeden Tag zu reden, Hunderte Hände zu schütteln, Autogramme zu geben und dabei immer positiv und motiviert zu wirken, kostete mehr Kraft, als man von außen hin glauben mochte. Wann immer er an das Duell dachte, hatte Christian ein unangenehmes Gefühl. Bei einem TV-Duell konnte er König nur in der Vorbereitung, nicht aber während der Debatte helfen. Dass sie König in eine Diskussion mit der erfahrenen Schwesig schickten, stellte zweifellos ein hohes Risiko dar. Zwar hatte Christian eine Überraschung vorbereitet und König war außerdem eine ausgezeichnete Rednerin. Aber würde das reichen?

Morgen würden sie es erfahren.

Am Abend des Duells befand Christian sich wieder in Berlin. Er war allerdings nicht nach Hause, sondern in sein Büro gefahren. Er wollte sich das Duell in Ruhe ansehen und erst danach mit Mia sprechen.

Christian hatte seinen Laptop, ein Blatt Papier und einen Stift bereitliegen. Er würde sich Notizen machen. Wo lagen Helene Königs Schwachstellen? Was konnte sie verbessern? Was wirkte? Was nicht? Er schenkte sich eine Glas Riesling ein und nippte daran. Dann dachte er an Mia.

Früher hätten Mia und er sich auf die Couch gekuschelt, die Debatte verfolgt und am Ende angeregt über die verschiedenen Punkte diskutiert. Jetzt dagegen konnte er sich nichts Schrecklicheres vorstellen, als gemeinsam mit Mia eine TV-Debatte mit Helene König zu sehen. Der Abend hätte im besten Fall in einem Streit und im schlimmsten Fall in eisigem Schweigen geendet.

Christian war kein Narr. Er wusste, dass seine Kampagne eine ernsthafte Bedrohung für seine Ehe darstellte. Mia und er hatten die Krise nie wirklich angesprochen, doch wog sie dadurch nur noch schwerer.

In Gedanken öffnete Christian die Schublade seines Schreibtischs und zog den AfD-Mitgliedsantrag hervor.

Ich alleine entscheide darüber, was aus meiner Ehe wird. Mia und ich lieben einander. Wenn ich es jetzt gut sein lasse, wenn die Kampagne hier für mich endet, dann wird alles gut.

Er und Mia liebten einander. Sie könnten die nächsten Jahre nutzen, um sich auf sich zu konzentrieren, eine Familie zu gründen und diese Krise zu vergessen, oder aber noch besser: Daraus lernen, dass sie einander niemals für selbstverständlich halten durften.

Ich kann meine Ehe retten. Er leerte das Weinglas und schenkte sich ein weiteres ein. *Oder aber ich kann diesen Mitgliedsantrag ausfüllen, Chef der AfD-Wahlkampagne werden und nach der Wahl eine Position in der Regierung anstreben.*

Es gab keinen Zweifel daran, was das bedeuten würde. Wenn er auch nur ansatzweise eine Machtposition für die AfD einnahm, würde Mia sich von ihm scheiden lassen. Sie war grün. Grüne hassten die AfD mit einer Leidenschaft, die nur von dem Hass der AfD auf die Grünen eingeholt wurde.

Warum überlege ich dann noch? Die Entscheidung zwischen Mia, der Liebe meines Lebens, und einer Machtposition unter Helene König sollte mir nicht schwerfallen.

Doch die Entscheidung fiel ihm schwer.

Als die Sendung begann, spürte Christian sein Herz schneller schlagen. Er würde heute Abend eine Entscheidung über seine zukünftige Position treffen. Aber zuerst wollte er die Auseinandersetzung verfolgen.

Die Sendung begann mit einem Intro, das extra für dieses Aufeinandertreffen zusammengeschnitten worden war. *Die Zukunft Ostdeutschlands – Dunkeldeutschland oder blühende Landschaften?* war das Thema der Debatte. Bilder von Spaßbädern und gut organisierten Städten wie Potsdam, Leipzig oder Dresden wurden gezeigt, ehe die Kamera dann Videos von verfallenden und verlassenen Dörfern in Brandenburg und natürlich Sachsen-Anhalt zeigte. Dann tauchte die glamouröse Einrichtung eines TV-Studios auf dem Bildschirm auf.

»Meine sehr geehrten Damen und Herren, liebe Zuseher – willkommen bei Markus Lanz«, ertönte die Stimme des Moderators. »Ich bin Markus Lanz und wir haben diesmal eine ganz besondere Sendung für Sie vorbereitet. Ausnahmsweise haben wir nur *zwei* Gäste bei uns im Studio, aber was für welche.« Die Kamera schwenkte über eine Frau in einem dunklen Hosenanzug, die unbewegt in die Kamera starrte. »Manuela Schwesig, die

Ministerpräsidentin von Mecklenburg-Vorpommern und mögliche Spitzenkandidatin der SPD für die Bundestagswahl, im Gespräch mit der neuen AfD-Parteivorsitzenden Helene König.«

Die Kamera richtete sich wieder auf die blitzenden Zähne von Markus Lanz. »Am besten wir gehen gleich in medias res. Das Thema ist Ostdeutschland und die Entwicklung in den neuen Bundesländern. Frau Schwesig«, wandte er sich an seinen ersten Gast. »Ihre Partei war seit 1998 nur vier Jahre lang nicht an der Bundesregierung beteiligt. Dennoch behaupten Sie, dass Ostdeutschland von der Politik abgehängt worden ist. Ist das nicht ein wenig scheinheilig?«

Schwesig holte tief Luft. »Nun, wir waren natürlich in der Bundesregierung, aber, wie Sie genau wissen, großteils als Juniorpartner. Dennoch ist es uns gelungen, auch in dieser Position einige Dinge für Ostdeutschland auf den Weg zu bringen. Zum Beispiel mit der Einführung des Mindestlohns, von dem die ostdeutschen Arbeitnehmerinnen und Arbeitnehmer überdurchschnittlich profitieren, eine Forderung übrigens, gegen die sich viele Parteien ausgesprochen haben, unter anderem die AfD, die in ihrem Programm fordert, dass die Unternehmer den Mindestlohn nicht mehr extra dokumentieren müssen, was dem Missbrauch Tür und Tor öffnen und besonders den Arbeitern in Ostdeutschland schaden würde.«

Christian biss sich auf die Lippen. Schwesig hatte es geschickt verstanden, eine kritische Frage zu beantworten und in einen Angriff auf Helene König zu verwandeln. Auch die Zuseher schienen das so zu sehen. Denn Schwesigs geschickter Konter wurde mit Applaus belohnt.

Lanz nickte. »Gut, dann wenden wir uns doch gleich an die Vertreterin der AfD. Helene König. Ihre Partei hat sich in der Tat oft gegen Arbeitnehmerrechte und für die Großindustrie ausgesprochen. Gleichzeitig genießen Sie große Unterstützung in den Reihen der Arbeiterschaft. Wie passt das zusammen?«

König lächelte entspannt. »Das Gegenteil ist der Fall, Herr Lanz. Die AfD ist längst *die* deutsche Arbeiterpartei geworden, weil wir die Interessen der Arbeiter am entschiedensten vertreten. Unter anderem, indem wir uns gegen den Import von Billigarbeitern aus dem Ausland aussprechen, die die Löhne der heimischen Arbeiter drücken.«

Lanz verzog bei diesen Worten Mund und Schwesig machte Anstalten, etwas zu sagen, doch König schnitt den beiden das Wort ab. »Es wundert mich, dass Frau Schwesig so tut, als habe sie viel für Ostdeutschland geleistet. Die SPD hat doch erst einen Arbeitsmarkt geschaffen, der die ostdeutschen Arbeiter in den Mindestlohn gezwungen hat.« Es wurde kurz applaudiert, und Schwesig öffnete die Lippen. Doch Christian hatte König darauf gecoacht, in TV-Duellen keine langen Pausen zu machen. Wer Pausen machte, verlor das Wort. Darum sprach König entschlossen weiter. »Ostdeutschland braucht nicht den Mindestlohn der SPD«, verkündete sie. »Sondern es braucht ernsthafte Investitionen aus Berlin, damit unsere Arbeiter gar nicht erst auf den Mindestlohn angewiesen sind!«

Auch dafür gab es Applaus. Sogar etwas lauteren. Auf die Agenda-Politik der SPD zu schimpfen, kam immer an. Gerade deswegen hatte Christian sich eine SPD-Politikerin als Gegnerin für diese Debatte gewünscht.

Lanz schien ein wenig aus dem Takt zu geraten. Genau wie Christian es erwartet hatte, gelang es der bislang unbekannten Helene König, Medien und Gegner mit neuen Forderungen zu überraschen. Christian hatte eine Falle für dieses TV-Duell vorbereitet und Lanz war dabei hineinzutappen.

»Das sind schöne Versprechungen«, sagte der Moderator. »Aber wie konkret soll so ein Investitionsprogramm aussehen? Ostdeutschland hat Milliardenhilfen erhalten und dennoch hat sich die Lage verschlechtert. Wie wollen Sie das konkret durchsetzen?«

Christian lächelte. Lanz hatte ihnen die optimale Vorlage geboten.

König reckte den Hals. »Indem wir mutig vorgehen«, sagte sie. »Wir wollen Ostdeutschland in eine Sonderwirtschaftszone umwandeln, in der neugegründete Firmen weniger Steuern bezahlen. Das gilt besonders für IT-Firmen. Ostdeutschland kann und soll das deutsche Silicon Valley werden«, verkündete Helene mit völliger Selbstverständlichkeit. Die Kamera schwenkte kurz zu Schwesig, die die Arme vor der Brust verschränkt hatte. Doch Helene König war noch lange nicht fertig. »Außerdem muss es eine Wiederansiedlungspolitik geben. Alle regen sich über die hohen Mietpreise in Berlin auf, während in den neuen Bundesländern ganze Dörfer leer stehen. Wir fordern, Familien, die sich in Ostdeutschland niederlassen, mit einer Sonderzahlung von 10.000 Euro zu unterstützen. Als Gegenleistung dafür, dass sie die Häuser dort sanieren und die Infrastruktur am Leben erhalten.« Bei dieser Forderung tauschten Lanz und Schwesig einen Blick. Zweifellos hatten sie vorgehabt, die AfD vor der Landtagswahl in Sachsen-Anhalt zu entzaubern. Christian war hochzufrieden. Sie hatten diese

Forderung extra für dieses TV-Duell ausgearbeitet. Denn genau das wollten die Wähler. Mutige, ambitionierte Forderungen. Visionen und keine Ausreden.

»Das ist ja alles gut und schön«, sagte Lanz, aber König überging ihn erneut.

»Drittens fordern wir ein Investitionsprogramm für ganz Deutschland, von dem besonders der Osten profitieren wird. Der Netzausbau muss beschleunigt werden. Es ist eine Schande, dass Deutschland im Bereich der Internetgeschwindigkeit global im schlechteren Mittelfeld liegt. Eine Entwicklung, unter der besonders die Dörfer und Kleinstädte in den neuen Bundesländern leiden. Wir wollen die Mittel für den Breitbandausbau verfünffachen.«

Die Kamera schwenkte zu Schwesig, die süffisant grinste. »Das sind schöne Forderungen«, sagte Schwesig. »Es ist leicht, solche Dinge zu versprechen, gerade in der Opposition, wenn man selbst keine politische Verantwortung übernehmen muss. In der Realität wissen die Bürgerinnen und Bürger aber, dass das Geld nicht auf den Bäumen wächst. Allen alles zu versprechen ist keine verantwortungsvolle Politik.« Wieder gab es verhaltenen Applaus.

Christian stand auf und ging mit dem Weinglas in der Hand durch den Raum. Er leerte das Glas in einem Zug. Schwesig hatte genau die Antwort gegeben, mit der sie gerechnet hatten. Genau die Antwort, auf die sie vorbereitet waren. Jetzt hing alles davon ab, ob es König gelingen würde, die Falle zuschnappen zu lassen.

Plötzlich griff König in ihre Handtasche und zog zur Überraschung von Markus Lanz eine Minitafel heraus. 120 Milliarden Euro war darauf zu lesen. »Das hier sind die Zahlungen, die wir an Griechenland geleistet haben«, sagte Frau König.

Lanz hob die Hände. »Wir erlauben hier im Studio eigentlich keine ...«

Doch da hielt König schon die nächste Minitafel in die Kamera. »Manche argumentieren, dass die Kosten zur Euro-Rettung notwendig gewesen wären. *Das hier*«, sie deutete auf die nächste Zahl, 80 Milliarden Euro, »sind die Kosten im Asylwesen seit 2015.«

»Mit solchen Zahlen spielen Sie Menschen gegeneinander aus!«, protestierte Schwesig.

Doch Helene König ignorierte sie und holte eine letzte Tafel hervor, auf der 6 Milliarden Euro stand.

»Diese Zahl kennt Frau Schwesig natürlich«, sagte König. »Es sind die jährlichen Steuereinnahmen von Mecklenburg-Vorpommern.«

Schwesig schloss ihren Mund, Lanz öffnete seinen. König packte ihre Tafeln ein und sah zur SPD-Ministerpräsidentin. »Das Geld war immer da«, sagte König. »Die Bundesregierung hat entschieden, wie sie unser Geld einsetzen will. Das ist ihr gutes Recht.« Sie pausierte und ließ ihre Augen blitzen. »Und es wird das Recht einer neuen Bundesregierung sein, andere Prioritäten zu setzen und in Ostdeutschland zu investieren.«

Christian wusste nicht, was Helene Königs Erfolg am deutlichsten machte. Der begeisterte Applaus aus dem Publikum, die wie ein begossener Pudel dastehende Manuela Schwesig oder Markus Lanz, der verdattert erklärte, dass Tafeln nun wirklich nicht erlaubt seien, und dem plötzlich einfiel, das Publikum daran zu erinnern, doch bitte keine Partei zu ergreifen.

Von diesem Augenblick an war das TV-Duell entschieden. Lanz wechselte das Thema und wandte sich den

Bereichen Abwanderung, Arbeitslosigkeit und Demokratiebewusstsein zu. In all diesen Fragen hatte es Schwesig als Vertreterin einer Regierungspartei ungleich schwerer als Helene König, die stets auf ihr ambitioniertes Investitionsprogramm Ost verweisen konnte. Als die Sendung zu Ende ging, wusste Christian, dass sie soeben zahlreiche Wähler gewonnen hatten. Nicht von der SPD, denn die hatte im Osten ohnehin kaum mehr Stimmen zu verlieren, sondern von den anderen Parteien, die in den Augen der Bevölkerung von der SPD kaum zu unterscheiden waren.

Zufrieden klappte Christian seinen Laptop zu. Auch wenn sie noch das Wahlergebnis am Sonntag abwarten mussten, so war der Wahlkampf zu Ende.

Das bedeutet, es wird Zeit für mich, eine Entscheidung zu treffen.

Christian nahm den Mitgliedsantrag in die Hand und betrachtete ihn. Eine Minute verging. Dann zehn. Dann dreißig. Unzählige Gedanken schossen durch seinen Kopf. Bilder von Mia und ihrer Hochzeit. Bilder von einer Versammlung, von einer Auslandsreise, in der er als deutscher Minister angekündigt wurde. Bilder von Kindern und einem Zuhause. Bilder von Helene Königs strahlend grünen Augen.

Schließlich zückte Christian seinen Stift und schrieb seinen Namen auf den AfD-Mitgliedsantrag. Dann trug er sein Geburtsdatum, seinen Wohnort und alle anderen Informationen ein. Die Weinflasche war beinahe leer. Er schüttete den letzten Rest Riesling in sein Glas, leerte es in einem Zug und dann ... Dann nahm er den Mitgliedsantrag, knüllte ihn zusammen und warf ihn in den Papierkorb.

»Mia, ich bin zu Hause!«

Als er die Tür zu ihrem Haus öffnete, fühlte Christian sich einen Augenblick lang seltsamerweise wie ein Eindringling. Das war natürlich Unsinn. Er lebte hier seit Jahren. Hier würden seine Kinder aufwachsen und er zusammen mit Mia alt werden. Dennoch. Er war seit beinahe zwei Wochen nicht mehr zu Hause gewesen. Vielleicht fühlte er sich deswegen so fremd. Er zog seine Schuhe aus und stand einen Augenblick lang zögernd im Flur.

Christian hatte sich seine Worte genau zurechtgelegt. Er und Mia hatten eine schwere Krise durchgemacht und er konnte nicht einfach erwarten, dass er »Alles wieder gut« sagte und die Sache damit erledigt wäre. Er hatte ihre Ehe riskiert und eben noch darüber nachgedacht, ob er seine Frau oder seine Karriere wählen sollte.

So ein Fehler darf mir nie wieder passieren.

Er würde sich Urlaub nehmen. Einen ganzen Monat, vielleicht sogar zwei. Michael war mittlerweile erfahren genug, um selbst kleinere Kunden an Land zu ziehen und zu betreuen. Christian könnte sich Zeit nehmen und vielleicht ein Buch schreiben. Das hatte er schon lange vorgehabt. Außerdem standen die Osterferien vor der Tür. Er und Mia könnten eine lange Reise unternehmen. Eine neue Hochzeitsreise. Mia liebte es, in exotische Länder zu reisen, wie die Einheimischen zu leben und die Welt, die wahre Welt, auf sich wirken zu lassen. Keine Hotels, keine anderen Touristen. Nur sie beide. Er dachte an Lateinamerika oder an die Philippinen. Auf so einer Reise könnten sie wieder zueinander finden und die Krise der letzten zwei Monate zwar nicht vergessen, aber aus ihr lernen. Ihre Ehe könnte so stärker werden als jemals zuvor.

Ja. Das sind die richtigen Worte. Lass uns aus unseren Fehlern lernen. Lass uns das als Test sehen, als einen Test, den wir bestanden haben, als Voraussetzung, um eine Familie zu gründen. Lass ...

»Mia, ich bin zu Hause!«

Er ging durch den langgezogenen Flur. Er hatte keinen Blumen oder Geschenke in der Hand. Wiedergutmachungsgeschenke hätten die Schwere ihrer Krise nur heruntergespielt.

Als er die Wohnzimmertür erreicht hatte und seine Hand sich um die Türklinke schloss, zögerte er für einen Augenblick. Traf er wirklich die richtige Entscheidung? Wenn er weitermachte, könnte er die gesamte deutsche Politik verändern. Er könnte Minister werden, er ...

Ein Bild schoss ihm in den Sinn. Ein Bild davon, wie er nach Hause kam. Nicht in sein Haus zu seiner Ehefrau, sondern in eine dunkle, sterile Wohnung. Von den Medien bedrängt und in permanente Machtkämpfe und Intrigen verwickelt. Dann dachte er an Mia. An sie beide mit Rucksäcken auf den Schultern, wie sie sich durch den Dschungel kämpften.

Er stieß die Tür auf.

»Mia?«

Er hatte schon damit gerechnet, dass sie nicht im Wohnzimmer sein würde. Ansonsten hätte sie ihn ja längst gehört. Er wandte sich ab, um die Stiege hinauf zum Schlafzimmer zu gehen, als er aus dem Augenwinkel einen Briefumschlag auf dem Tisch liegen sah.

Er stoppte mitten in der Bewegung und wandte sich um. Der Brief sah förmlich aus, war verschlossen worden, aber hatte keine Briefmarke darauf. Christian ging auf ihn zu und nahm ihn in die Hand.

Christian stand in langen Lettern auf der Vorderseite. Der Brief schien bereits ein wenig staubig zu sein, so als läge er bereits ein paar Tage dort.

Wann hatte er das letzte Mal mit Mia gesprochen? Sie hatte ihn angerufen, aber er hatte nicht abgehoben. Er hatte ihr geschrieben, dass er heute nach der TV-Debatte nach Hause kommen würde, aber sie hatte nicht reagiert.

Christian hatte keine Mühe, den staubigen Brief zu deuten. Er öffnete den Umschlag und wusste bereits, was drinstand. Der Brief war freundlich gehalten. Sachlich. Emotionslos. Die Worte klangen nicht nach Mia, sondern so, als hätte ihn ein Roboter geschrieben. Mia wünschte ihm alles Gute für seine Kampagne, doch erklärte, dass sie selbst aktiv werden müsse. Er schluckte. *Ich bin zu meinen Eltern gezogen. Ich habe mich entschieden, wieder politisch aktiv zu werden. Ich will für meine Ideale kämpfen, und ich kann im Augenblick nicht mit jemandem zusammenleben, der diese Ideale nicht teilt.*

Mit schwerem Herzen las Christian den Brief mehrmals durch. Dann holte er tief Luft und sammelte seine Gedanken. Mia schrieb weder von einer Scheidung, noch dass sie ihn nicht liebte. Das war gut. Wenn er sie jetzt anrufen und ihr erklären würde, dass er eine Entscheidung getroffen hatte, dass er einen Fehler begangen hatte, dann könnten sie die Sache vielleicht noch lösen.

Aber wollte er das? Mia war ausgezogen. Sie hatte ihre Sachen gepackt und ihr gemeinsames Leben beendet, ohne mit ihm darüber zu sprechen. Ohne ihm die Möglichkeit zu geben, sich zu entscheiden, ohne Vorwarnung. Respektlos, dachte er, als er den Brief zurücklegte. *Sie behandelt mich absolut respektlos.*

Er leckte sich über die Lippen. Dann blickte er wieder zu dem Brief. Vielleicht war Mias Entscheidung ein Wink des Schicksals.

Ich habe es versucht. Aber sie hat ihre Entscheidung ohne mich getroffen.

Er holte sein Telefon hervor und tippte eine Nachricht.

Ihr Auftritt war großartig, schrieb er an Helene König.

Mia

(Potsdam, 28. März 2021)

Nie hätte Mia gedacht, dass sie mit Ende Zwanzig wieder in ihrem Kinderzimmer unterkommen würde. So etwas passierte anderen, aber nicht ihr. Heldinnen in Filmen vielleicht oder entfernten Bekannten. Andere Ehen kollabierten, aber doch nicht ihre.

Vor vier Tagen hatte Mia ihren Vater in der Bibliothek getroffen. Sie hatten zusammen ein Glas Whiskey getrunken und Mia hatte ihm alles erzählt. Alles über Christians Kampagne, über ihre Eifersucht auf Helene König. Ihr Gefühl, dass Deutschland nach rechts rückte, und sie deswegen etwas unternehmen wollte. Etwas unternehmen musste. Ihr Vater hatte genickt und schließlich vorgeschlagen, dass sie eine Weile zu ihnen kommen sollte. »Zeig ihm, was auf dem Spiel steht. Mach ihm klar, dass seine Handlungen Konsequenzen haben.«

Da lag sie also. Im Schlafzimmer ihrer Jugend. Die meisten Dinge sahen noch genauso aus wie damals, dennoch kam ihr der Raum viel kleiner vor als früher.

»Mia, kommst du?«, drang die Stimme ihrer Mutter von unten herauf.

Mia seufzte, stand jedoch auf und ging die Stufen hinab. Am Fuß der Treppe bot sich ihr ein Anblick, der sie ebenfalls an ihre Kindheit erinnerte. Ihr Vater saß auf der Couch, eine Tasse Tee in der Hand und die Augen konzentriert auf eine Sendung im Fernsehen gerichtet. Ihre Mutter dagegen lief eifrig hin und her, setzte sich für wenige Sekunden hin und sprang dann wieder auf, weil ihr noch etwas zu tun einfiel. So waren die beiden. Ihr Vater ruhig, ihre Mutter immer lebendig. *Manche Dinge ändern sich wohl nie.* Der Gedanke brachte Mia zum Lächeln. Trotz allem.

»Hey, mein Schatz!«, sagte ihre Mutter. Sie fasste Mia in diesen Tagen mit Samthandschuhen an. »Es geht gleich los ...«

Mia setzte sich auf die Couch, wobei sie sich große Mühe gab, den fragenden Ausdruck auf dem Gesicht ihrer Mutter zu ignorieren. Anna war seit jeher sensationslustig gewesen, und ihre Tochter nicht mit tausenden Fragen über ihre Ehe zu bedrängen, fiel ihr schwer. Umso dankbarer war Mia, dass sie sich zurückhielt.

»Hier.« Ihr Vater hielt Mia eine Tasse Tee hin.

Dankbar nahm Mia sie entgegen. »Wie denkst du, wird die Wahl ausgehen?«

Georg strich sich nachdenklich durch den grauen Bart. »Noch vor ein paar Wochen hätte ich gesagt, dass es so ausgeht wie die Landtagswahlen in Brandenburg, Thüringen und Sachsen«, sagte er. »Starke AfD-Ergebnisse, aber am Ende keine Machtoption. Jetzt aber ...« Er nippte bedeutungsvoll an seinem Tee. »Jetzt aber bin ich mir nicht mehr so sicher. Hast du das TV-Duell gesehen?«

Das hatte sie. Sie hatte es sich angesehen, war jedoch vor allem angespannt gewesen, weil sie nicht wusste, wie Christian reagieren würde, wenn er nach dem Duell nach Hause käme.

»Ich ... war ziemlich aufgewühlt«, sagte Mia. »König scheint sich gut geschlagen zu haben.«

Ihr Vater nickte. »Was auch immer du gerade von deinem Mann hältst, eines muss man ihm lassen: Er weiß, wie man die Menschen gewinnt.« Er richtete seine Rundbrille. »Diese Helene König hat Manuela Schwesig mit ihren Forderungen auf dem völlig falschen Fuß erwischt.«

Mia hob die Augenbrauen. »Bist du nicht SPD-Anhänger?«

Ihr Vater schüttelte den Kopf. »Schon seit Schröder nicht mehr. Ich habe lange die Linkspartei gewählt. Jetzt die Grünen. Gott will, dass wir seine Schöpfung bewahren.«

Mia stellte ihren Tee zurück auf den Tisch. »Du weißt, was Gott will?«, fragte sie, woraufhin er grinste. »Weißt du, mein Schatz. Er wäre ein sehr dummer Gott, wenn er das *nicht* wollte.«

Sie lachten gemeinsam und Mia fühlte sich plötzlich frei. In ihren Studententagen hatten sie über genau solche Dinge diskutiert. Philosophie und Religion und Politik. *Und mit den Jahren habe ich das verloren und bin dazu übergegangen, ein Haus schön einzurichten. Hat Daniel recht? Verschwende ich mein Talent?*

In diesem Augenblick begann die Wahlsendung. Sie sahen die Wahlberichterstattung der ARD. Ihre Mutter kam rasch hinzu und richtete sich die Haare. Sie hatte eine seltsame Schwäche für Jörg Schönenborn und war immer ganz begeistert, wenn sie ihn zu Gesicht bekam.

Schönenborns Gesicht schaute auch schon bald in die Kamera: »Liebe Zuseher. Jetzt sind es nur noch fünf Minuten bis zur ersten Prognose. Ich sage es bewusst, das ist noch keine Hochrechnung, sondern eine Prognose für die Landtagswahl in Sachsen-Anhalt im Jahr 2021. Eine ganz besondere Wahl. Nicht unbedingt deswegen, weil Sachsen-Anhalt ein sonderlich großes oder einflussreiches Bundesland ist, im Gegenteil, es gehört zu den eher kleineren. Aber das bedeutet nicht, dass nicht alle Augen, besonders in den Parteizentralen in

Berlin, heute auf diese Landtagswahl gerichtet wären. Denn diese Landtagswahl läutet das Superwahljahr 2021 ein und stellt damit natürlich auch die Weichen für die Bundestagswahl im Herbst. Welche Parteien können zulegen? Wer kann überzeugen? Wer bekommt Rückenwind für weitere Wahlen und wer erleidet einen Dämpfer und wird sich dann umso mehr anstrengen müssen? Bald wissen wir mehr.«

Nach dieser langen Einleitung wurde ein kurzes Video eingeblendet, in dem im Eildurchlauf die einzelnen Parteien und ihre Spitzenkandidaten besprochen wurden. Im Fall der AfD wurde erwähnt, dass der eigentliche Spitzenkandidat in den Hintergrund getreten war und Helene König im Zentrum der Aufmerksamkeit stand. Auch eine kurze Szene aus dem TV-Duell zwischen König und Schwesig wurde gezeigt. Dann schnitt die Kamera wieder zu Jörg Schönenborn.

»Ja, und jetzt werden wir gleich sehen, ob Helene Königs Forderung nach einer Sonderwirtschaftszone in Ostdeutschland zumindest bei den Wählern in Sachsen-Anhalt auf offene Ohren gestoßen ist.« Ein Countdown bis 18:00 Uhr tauchte auf dem Bildschirm auf. Während der Countdown auf null runterzählte, schlug Mias Herz plötzlich. Lass sie scheitern, wünschte sie sich. *Lass Christian scheitern. Lass diesen Wahnsinn ein Ende haben!*

»Liebe Zuseher, so haben die Wählerinnen und Wähler in Sachsen-Anhalt an diesem Sonntag gewählt«, sagte Schönenborn. Dann tauchte eine Balkengrafik auf. »Die CDU unter Ministerpräsident Reiner Haselhoff, die beim letzten Mal noch knapp 30 % erzielt hat, verliert 5 Prozentpunkte, kommt auf 24,7. Die AfD, die beim letzten Mal noch unter ihrem mittlerweile aus der Partei ausgeschlossenen Spitzenkandidaten Poggenburg 24,3 % erzielt hatte, schießt nach oben, erreicht 32 % und wird stärkste Kraft in Sachsen-Anhalt. Das ist das beste Ergebnis, das die AfD jemals auf Landesebene erzielt hat.«

Mia hielt den Atem an. Ihr Vater stellte klirrend seine Teetasse ab und Anna fuhr sich durch die Haare. »Meine Güte«, sagte sie. »Was ist denn mit den Leuten los?«

Die restlichen Ergebnisse waren wie anzunehmen. Die Grünen hatten sich auf 12 % verdoppelt, die SPD war noch weiter abgestürzt, die FDP hatte den Einzug nicht geschafft und die Linken hatten Stimmen an die AfD verloren.

»Das sind Weimarer Verhältnisse«, sagte Georg plötzlich und drehte den Ton ab. Mia war ihm dankbar. Das Gequatsche im Fernsehen ging ihr plötzlich unglaublich auf die Nerven.

»Na so schlimm wie damals ist es noch nicht«, sagte Anna.

Ihr Vater biss sich auf die Lippe. »Schau dir mal die möglichen Koalitionen an«, sagte er. »AfD und Linkspartei haben zusammen eine Mehrheit«, sagte er.

Mia horchte auf. »Du glaubst doch nicht, dass wir eine Links-Rechts-Koalition bekommen?«

Georg zuckte die Schultern. »In Griechenland und Italien gab es genau das. Aber nein. Es ist wie in Weimar, da hatten die Nazis und die Kommunisten zusammen die Mehrheit und haben damit jede andere Koalition verhindert.«

Das Balkendiagramm tauchte wieder auf und Mia rechnete rasch die Zahlen zusammen. Ihr Vater hatte recht. Keine Partei konnte ohne AfD oder Linkspartei eine Mehrheit erzielen. »Das bedeutet ...«

»Das bedeutet, die CDU muss entweder mit der AfD oder der Linkspartei eine Koalition eingehen.«

Mia stand der Mund offen. Dass Linkspartei und Union eine Koalition eingingen, schien beinahe unmöglich, zumal die beiden Parteien dann immer noch keine Mehrheit hatten, sondern einen dritten Partner brauchten. Aber die einzige andere Möglichkeit wäre ein AfD-Ministerpräsident.

Die Wortmeldungen in der Wahlsondersendung ließen genau auf diese Möglichkeit schließen. Ihr Vater drehte den Ton wieder an und die Runde der Spitzenkandidaten begann. Schnell zeigte sich, dass der CDU-Ministerpräsident zwar irgendwie sein Amt halten wollte, doch die Reaktionen der anderen Parteien waren verhalten. Und dann schaltete die Sendung zu CDU-Generalsekretär Paul Ziemiak nach Berlin. Ziemiak wurde nachgesagt, dem rechten Flügel der CDU anzugehören. Er gehörte zu denen, die sich 2018 für Friedrich Merz als Generalsekretär ausgesprochen hatten. Eine Reporterin hielt ihm das Mikrophon ins Gesicht. »Herr Ziemiak. Das Wahljahr 2021 hat begonnen. Die AfD hat die CDU in Sachsen-Anhalt überholt, ist stärkste Partei geworden. Macht Ihnen das nicht Angst für die Bundestagswahl?«

Der Generalsekretär räusperte sich. Mia fiel auf, wie jung er wirkte, trotz oder vielleicht auch gerade wegen seines teuren Anzugs. »Nein, das macht mir überhaupt keine Angst. Das war eine Landtagswahl, in der es um landesspezifische Themen ging und ...« Er spulte die übliche Palette von Politikerausreden ab. Erst am Ende wurde das Interview ein wenig spannender. »Was würden Sie denn Ihren Parteifreunden in Magdeburg empfehlen?«, fragte die Reporterin. »Soll die CDU in eine

Koalition mit der Linkspartei und vermutlich den Grünen gehen? Oder gar die AfD zum Ministerpräsidenten machen?«

»Nun, das haben natürlich meine Parteifreunde im Land selbst zu beurteilen und zu entscheiden. Ich allerdings halte es für gefährlich, immer absurdere Parteikoalitionen auszuprobieren, von Parteien, die nichts gemeinsam haben, außer dass sie gegen die AfD sind.«

Die Reporterin sah überrascht auf. Solche Worte hatte man von der CDU bislang noch nicht gehört. Sie zögerte einen Augenblick, ehe sie nachhakte. »Das heißt, Sie würden eine Koalition mit der AfD in Sachsen-Anhalt vorziehen?«

»Nun, ich glaube, dass es nur eine Möglichkeit gibt, rechte Parteien zu entzaubern«, erklärte der CDU-Generalsekretär, »und zwar, indem man sie in Regierungsverantwortung holt und ihnen dort die Möglichkeiten gibt, ihre wundervoll klingenden Versprechungen in der realen Politik umzusetzen.«

Mia stand auf. Mehr musste sie nicht hören, um zu wissen, dass die AfD gewonnen hatte. Der erste AfD-Ministerpräsident Deutschlands wäre der perfekte Auftakt für Helene Königs Bundestagswahlkampf. Zweifellos saß Christian irgendwo auf einer Wahlparty, feierte und jubelte. Vermutlich fielen er und König einander gerade um den Hals.

»Wo gehst du denn hin, mein Schatz?«, hallte Mia die Stimme ihrer Mutter nach.

»Frische Luft holen«, rief Mia über ihre Schulter.

»Vergiss nicht, es gibt gleich Essen!«

Doch Mia stand der Sinn in diesem Augenblick nicht nach Brathähnchen mit Petersilienkartoffeln, sondern nach einem Glas Whiskey. Vielleicht auch einer Flasche.

Sie verließ ihr Elternhaus und sog die kalte Frühlingsluft ein. Irgendwie machte das Wahlergebnis alles nur noch schlimmer. Ihr Mann. Ihr Ehemann hatte der AfD den Weg zur Macht in Sachsen-Anhalt geebnet. *Und wer weiß, wo es endet?*

Mia stand vor dem Haus und blickte auf Potsdam. Ihr Leben lang hatte sie sich gegen rechts und für mehr Verständnis und Toleranz eingesetzt. Doch nie hatten die Dinge, an die sie glaubte, so auf der Kippe gestanden wie in diesem Augenblick.

»Vater, hast du einen Augenblick Zeit?«, fragte Mia, als sie wieder zurückgekehrt war.

»Natürlich.« Er stand auf und führte sie in die Bibliothek.

»Vergesst nicht das Essen!«, rief ihre Mutter.

Kaum hatten sie die Tür hinter sich geschlossen, ging ihr Vater zum Glaskasten in der Ecke und holte eine Flasche Whiskey hervor. »Auch ein Glas?«, fragte er.

»Du liest meine Gedanken.«

Georg lächelte. Aber nur kurz. »Die Zeiten ändern sich«, sagte er besorgt. »Sachsen-Anhalt war erst der Anfang. Die Rechten greifen nach der Macht.« Er reichte ihr das Whiskeyglas. Mia nahm einen Zug, der Alkohol brannte stark in ihrer Kehle.

»Glaubst du, die AfD könnte das auch im Bund schaffen? Stärkste Partei werden, meine ich.«

Ihr Vater biss sich auf die Lippe. »Helene König gegen AKK und die SPD? Denkbar. Es wird davon abhängen, ob wir anderen auf die AfD starren wie ein Kaninchen auf die Schlange oder ob wir uns wehren.«

Mia nickte. »Ich will mich wehren«, flüsterte sie plötzlich und holte die Visitenkarte hervor, die Daniel ihr gegeben hatte. Dann sprach sie erstmals einen Gedanken aus, der schon seit Wochen in ihrem Kopf herumspukte: »Ich werde meine Arbeit als Lehrerin unterbrechen und mich Robert Habecks Wahlkampfteam anschließen. Wenn er mich haben will, zumindest.«

Georg sah sie lange an. Dann nickte er. »Gut. Das ist sehr gut.« Sie stießen ihre Gläser an und leerten sie in einem Zug.

Wenig später ging Mia hinauf in ihr Zimmer und rief Daniel an.

»Mia«, erklang seine helle Stimme. »Ich habe mir schon gedacht, dass du anrufst.«

Helene König

(Magdeburg, 29. März 2021)

Als das Wahlergebnis verkündet wurde, sog König tief Luft ein.

Die AfD hatte einen Sieg errungen, einen großen Sieg. König jubelte mit den anderen, klatschte und umarmte den Spitzenkandidaten. Doch dann wanderten ihre Gedanken bereits vom Erfolg der Gegenwart zu den Herausforderungen der Zukunft.

Wir haben eine Schlacht gewonnen, nicht mehr. Die Bundestagswahl war noch Monate entfernt und das System, die Elite, die Politik und die Medien würden zweifellos alle Kräfte mobilisieren, um die AfD zurückzutreiben.

Sie hatten sich in einem großen Wirtshaus in Magdeburg versammelt. Der Wirt war Parteimitglied und richtete immer wieder ihre Veranstaltungen aus. Dafür hatte er schon öfters Drohungen von linken Aktivisten erhalten. Einmal hatten sie ihm gar ein Fenster mit einem Stein eingeworfen, auch wenn der Täter nie gefunden werden konnte.

Sie waren nicht mehr als hundert Leute. Verdiente Mitglieder der Landespartei, einige im Wahlkampf besonders aktive Wahlhelfer und natürlich die Parteielite. Oder zumindest Teile der Elite. Alexander Gauland verschanzte sich in Brandenburg, und auch andere Mitglieder der alten Garde hielten sich zurück. Zweifellos hatten sie insgeheim auf eine Wahlniederlage gehofft, damit sie dann eine parteiinterne Rebellion gegen König anzetteln konnten. Wenn ja, dann hatten sie heute eine Enttäuschung erlebt.

Das Klatschen und Jubeln ging langsam in immer lauter werdende Helene-Rufe über. König machte einen Schritt nach vorne und trat vor die klatschenden Parteimitglieder. »Wir haben heute einen großen Erfolg errungen«, rief sie. »Sachsen-Anhalt ist das Land der Frühaufsteher. Hoffen wir, dass das restliche Deutschland bald folgt.«

Unter lautem Jubel überließ König dann Martin Reichhart das Wort. Während sie sich wieder an ihren Platz neben Herbert stellte und mit ihm mit einem Champagnerglas auf ihren Sieg anstieß, fiel ihr Blick auf Christian Jäger, der etwas verloren abseits der Menge stand. Genau wie alle anderen hob er sein Champagnerglas zur Feier ihres Sieges, doch seinem Lächeln zum Trotz, hing ein trauriger Zug um seine Augen.

König ging auf ihn zu. »Sie sehen nicht besonders begeistert aus«, sagte sie.

Jäger zuckte mit den Schultern. »Wir haben gewonnen. Aber Sie können sich darauf verlassen, dass das unsere Aufgabe nicht einfacher macht. Unsere Gegner werden mit einer Angstkampagne alle ihre Wähler mobilisieren.«

König fürchtete dasselbe. »Und Sie?« Sie kam ihm so nahe, wie sie es unter den Blicken der Medien und all ihrer Anhänger wagte. »Die Wahl ist geschlagen. Aber der Wahlkampf hat gerade erst begonnen. Ich brauche Sie, Christian«, hauchte sie ihm zu.

Er verzog den Mund und wieder trat dieser traurige Ausdruck in seine Augen. Wollte er Abschied nehmen? Das durfte sie nicht zulassen. Sie hatte nicht gelogen, sie *brauchte* Christian Jäger. *Das hier wird der größte*

Wahlkampf, den die Bundesrepublik je gesehen hat, dafür brauchen wir den besten Wahlkämpfer.

»Was machen Sie heute Abend?«, fragte sie.

Er hob sein Glas. »Ich bin hier. Danach gehe ich schlafen. Ich ...« Er biss sich auf die Lippen. »Ich will Sie nicht mit meinen Problemen belasten.«

Sie berührte ihn ganz sanft am Arm. »Wir sind Freunde, Christian. Auch wenn Sie den Bundestagswahlkampf nicht übernehmen.«

Doch zu ihrer Freude schüttelte er den Kopf und zog einen AfD-Mitgliedsantrag hervor. Das Papier war reichlich zerknittert, aber vollständig ausgefüllt. »Hier«, sagte Christian. »Ich *werde* den Wahlkampf übernehmen.« Plötzlich wich die Traurigkeit in seinen Augen einem feurigen Glühen. »Ich muss mich ablenken und es klingt vielleicht seltsam, aber ich glaube, ich wurde für diese Kampagne geboren.«

König fand das überhaupt nicht seltsam. Wenn sie dazu geboren war, um Deutschland vor Multikulti zu retten, dann Jäger zweifellos dazu, ihr zu helfen.

»Gemeinsam werden wir Deutschland verändern«, sagte sie. »Der Wahlkampf ist erst der Anfang. Wenn wir erst die Macht im Land übernommen haben, beginnt der wirkliche Kampf.«

»Die Macht zu übernehmen, wird schwierig genug werden.« Er leerte sein Glas. »Im Augenblick noch sind Sie der Star, aber schon bald werden die Medien einen Gegenstar aufbauen. Einen deutschen Macron, der sie aufhalten soll. So wie Le Pen in Frankreich aufgehalten wurde.«

Helene runzelte die Stirn. »Wer soll das sein? AKK? Schwesig?« Sie lachte.

»Es gibt nur eine Person in Deutschland, die als deutscher Macron taugen könnte.«

»Wer?«

Er schüttelte den Kopf. »Das besprechen wir, wenn wir unser Wahlkampfteam zusammenstellen. Heute ist ein Tag zum Feiern.« Für einen Mann wie Christian war es das. Doch für König und andere Parteigranden war eine Versammlung von wichtigen Parteimitgliedern immer auch mehr. Sie verabschiedete sich von Christian, wobei sie sich herzlich bei ihm bedankte und sicherstellte, dass sie ihm lange in die Augen blickte. Dann wünschte sie ihm einen schönen Abend und machte sich auf die Suche nach Herbert.

Der gute Herbert. Sie kannten einander seit Jahren. In der Politik folgte Herbert ihr mit unerschütterlicher Ergebenheit. Es gab schönere Männer, klügere und geistreichere. Herbert fehlte die Eigenschaft, in großen Zusammenhängen zu denken, und er besaß auch nicht die schnellste Auffassungsgabe. Aber er war loyal. Egal was geschehen würde, sie konnte sich auf ihn verlassen. Er würde sie niemals hintergehen.

Herbert hatte sich mittlerweile an einen Tisch gesetzt und sich ein Brathuhn vom Buffet genommen.

»Amüsierst du dich?«, fragte sie ihn.

Herbert zuckte die Schultern. »Zu viele Leute. Diese Feiern waren noch nie meins«, sagte er und biss in ein Hühnerbein. »Aber immerhin haben wir die Wahl gewonnen. Ich glaube allerdings immer noch nicht, dass diese *Cucks* uns an die Regierung wählen. Eher verbiegen sich die Linken und unterstützen eine CDU-Regierung.«

»Christian Jäger würde sagen: Umso besser für uns. Wenn sie uns mit allen Mitteln von der Landesregierung ausschließen, gibt uns das stärkere Argumente für die Bundestagswahl. À la die Politiker ignorieren den Wählerwillen.«

Herbert legte den Knochen zur Seite. »Jäger«, sagte er und wischte sich den Bratensaft vom Mund. »Ich habe dich mit ihm sprechen sehen. Was wird aus ihm?«

»Er wird der Partei beitreten und der Leiter unserer Wahlkampagne.«

Herberts Gesichtsausdruck machte klar, was er davon hielt. Rasch ergriff König seine Hand. »Ich weiß, du magst ihn nicht. Aber wir brauchen ihn.«

»Er glaubt nicht an unsere Ideale«, sagte Herbert bestimmt.

Das tat er wirklich nicht. Jäger war einer von diesen Zynikern, die an alles und nichts glaubten und jeden mit einer ernsthaften Überzeugung lächerlich fanden.

»Christian Jäger ist nicht unser Problem.«

»Sondern?«, fragte er.

Helene vergewisserte sich mit einem kurzen Blick, dass niemand sie belauschte. »Björn Höcke«, flüsterte sie dann. »Er wird jetzt nach diesem Wahlsieg Druck machen. Wenn wir in Sachsen-Anhalt in die Regierung kommen, wird er Machtpositionen für seine Flügelleute fordern.«

Herbert runzelte die Stirn. Er gehörte selbst dem Flügel an. Aber genau das war das Schöne an Herbert. Er war loyal, und zwar ihr gegenüber.

Sie drückte seine Hand noch ein wenig fester und sah, wie er instinktiv die Augen schloss. Als er sie wieder öffnete, schenkte sie ihm einen glühenden Blick. »Hast du etwas herausgefunden?«

»Ja.« Er zögerte. »Ich habe noch einige Kontakte zu Kubitschek.« Kubitschek war ein rechter Verleger und

Intimfreund Höckes. Kein offizielles Parteimitglied der AfD, aber eine Vernetzungsfigur im Hintergrund. »Höcke hat bei mehreren Veranstaltungen Kubitscheks Reden gehalten, von denen es Aufzeichnungen gibt, die aber nie veröffentlicht wurden. Angeblich gibt es Material, das noch weit belastender sein soll als alle bisherigen Höcke-Skandale.«

König nickte. Sie hatte keinen Zweifel daran, dass es noch mehr Material gab. Sie hatte selbst einmal ein Treffen von Kubitscheks Institut für Staatspolitik besucht. Sie wusste, was dort geredet und wie dort gesprochen wurde.

»Haben wir irgendeine Chance, an diese Aufzeichnungen zu kommen?«, fragte sie.

Plötzlich grinste Herbert. »Du unterschätzt mich, Helene.« Er griff in seine Tasche und holte einen USB-Stick hervor. »Ich habe Kubitschek gesagt, dass ich mich weiterbilden möchte. Er vertraut mir.« Dann zögerte er einen Augenblick. »Wobei Höcke in diesen Reden im Kern nichts Falsches sagt.«

König griff nach dem USB-Stick und verstaute ihn sorgfältig. »Es geht nicht darum, ob das, was er sagt, falsch ist«, stellte sie klar. »Es geht darum, ob wir ihn mit der Drohung, mehr zu veröffentlichen, ruhigstellen können.«

»Das kannst du. Wenn das an die Medien käme, müsste er die Partei verlassen. Schon alleine, um uns im Wahlkampf nicht zu schaden.«

Sie nickte. Darum ging es.

König nutzte die Wochen nach der Landtagswahl dazu, ihre innerparteilichen Gegner der Reihe nach auszuschalten. Ihre Gegenspieler hatten zweifellos gehofft, nach der Wahl in Sachsen-Anhalt mit ihrer Demontage beginnen zu können. Doch dank des Rekordergebnisses von 32 % saß sie stärker im Sattel denn je. Diejenigen in der Partei, die etwas in der AfD werden wollten, merkten rasch, dass der Wind sich gedreht hatte, und schlossen sich ihrer Bewegung an.

Es gab aber auch solche, die sich ihr weiterhin widersetzten.

König ging mit einigen von ihnen Vereinbarungen ein. Gauland und Alice Weidel erklärten sich bereit, sie vollständig zu unterstützen, sofern sie den beiden auch im nächsten deutschen Bundestag den Fraktionsvorsitz im Bundestag überließ. Eine Bedingung, die König gerne annahm, solange sich die beiden loyal verhielten und im Bundestag einen guten Job machten. Im Falle Höckes reichte es, ihn mit den Videos kaltzustellen, die Herbert in seine Hände bekommen hatte. Schon die alte AfD-Parteiführung hatte mit Höcke im Kern vereinbart, dass er nicht aus der Partei geworfen wurde, wenn er sich ruhig verhielt und die Partei nicht weiter schädigte.

Der Reihe nach zogen sich Helene Königs Widersacher entweder zurück oder aber unterwarfen sich ihren Positionen. Am Ende blieb nur noch Jörg Meuthen.

Meuthen spielte eine Schlüsselrolle bei der nächsten Landtagswahl in Baden-Württemberg. Denn es handelte sich um seinen Landesverband, auch wenn er nicht mehr der Landeschef war. Stattdessen stand Meuthen der AfD-Delegation im Europaparlament vor, war international hervorragend vernetzt und konnte weitgehend unabhängig agieren. Das gefiel König ganz und gar nicht. Sie hatte versucht, Meuthen mit Charme und Lächeln auf ihre Seite zu ziehen, aber er hatte sie reserviert zurückgewiesen.

Also griff Helene König zu anderen Methoden. Der Landesverband in Baden-Württemberg lag in Umfragen nur bei 17 %. Kein schlechter Wert, aber bei Weitem nicht genug. König schrieb eine kurze Nachricht an Bernd Gögel, den Spitzenkandidaten in Baden-Württemberg. Sie schrieb, dass er sich würde entscheiden müssen. Entweder Meuthen oder sie selbst würde ihn in seinem Wahlkampf unterstützen.

Bernd Gögel antwortete niemals offiziell auf ihre Nachricht. Doch wenig später wurde Jörg Meuthen sang- und klanglos von allen Rednerlisten bei sämtlichen Parteiveranstaltungen im Land gestrichen.

Danach stellte niemand mehr ihren Führungsanspruch in Frage.

Die AfD war jetzt vollkommen in Helene Königs Händen.

Mia

(Berlin, April 2021)

Mia wurde ohne Umstände in das grüne Wahlkampfteam aufgenommen. Nicht nur weil sie ein langjähriges Parteimitglied war, sie verfügte dank Daniel auch über hervorragende Kontakte. Bald schon stellte sich heraus, dass Daniel weit untertrieben hatte. Er arbeitete nicht nur für Robert Habeck, sondern kannte alle wichtigen Parteigranden der Grünen. Da Mia in Berlin wohnte, wo die wichtigsten Politiker der Partei lebten, dauerte es nicht lange, bis sie allen vorgestellt und mit Aufgaben betraut wurde.

Es herrschte Wahlkampf und die finanziell nur mit geringen Mitteln ausgestatteten Grünen brauchten jede Hand. »Wir müssen unbedingt zurückschlagen«, sagte Daniel, als sie ihn bei einer Tasse Kaffee traf. Der Frühling hatte mittlerweile in Berlin Einzug gehalten und tauchte die ganze Stadt in warmes Sonnenlicht. Sie saßen draußen an einem Tisch, umgeben von Studenten und jungen Menschen. In einem Café wie diesem schien es undenkbar, dass die Rechten in Deutschland nach der Macht griffen, und doch war das die Realität, in der sie lebten.

»Zurückschlagen?«, fragte Mia.

Daniel nickte. »König hat in Sachsen-Anhalt einen großen Sieg errungen. Wir als Grüne müssen jetzt einen Gegenschlag unternehmen. Die nächste Landtagswahl findet in Baden-Württemberg statt. Dort brauchen wir unbedingt einen grünen Sieg.«

Das sah Mia ähnlich. Im Herbst würde die Bundestagswahl stattfinden, doch die Landtagswahlen im Frühling zuvor würden einen entscheidenden Einfluss auf das Abschneiden der Parteien nehmen.

»Hast du das von der SPD gelesen?«, fragte Daniel.

Das hatte sie. Die Sozialdemokraten befanden sich mal wieder in der Krise. Seit dem TV-Duell mit Helene König und dem Debakel bei der Landtagswahl in Sachsen-Anhalt galt die neue SPD-Hoffnungsträgerin Schwesig als beschädigt. Darum hatte die in den Umfragen bei 14 % liegende SPD Olaf Scholz als Kanzlerkandidaten nominiert.

»Kanzlerkandidat!«, ärgerte sich Mia. »Es heißt, als die SPD-Spitze das Wort verwendete, habe der ganze Saal voller Journalisten zu lachen begonnen. Sie machen sich damit völlig lächerlich. Was denkt sich die SPD dabei?«

»Nicht viel«, meinte Daniel. »Aber Olaf Scholz ist gut für uns.«

Mia sah auf. »Wieso das? Schwesig wäre eine viel stärkere Kanzlerkandidatin.«

Daniel nickte. »Eben. Die SPD hat keine Chance, nach dieser Wahl einen Kanzler zu stellen. Umso wichtiger ist es, dass die Grünen einen Kanzlerkandidaten für das linke Lager aufstellen. Scholz wird einem grünen Kanzlerkandidaten Habeck keine Stimmen kosten.«

»Die Grünen sind bislang immer mit einem Spitzenduo angetreten«, sagte Mia. »Denkst du wirklich, die Partei wird einen einzelnen Kandidaten akzeptieren? Noch dazu einen Mann?«

Daniel runzelte die Stirn. »Ja. Es wird nicht einfach. Auch weil er ein Mann ist und gerade viele in der Partei gerne eine Frau aufstellen würden. Aber er ist der stärkste Kandidat. Er braucht nur den richtigen Augenblick, um seine Kandidatur zu verkünden.«

»Was wäre so ein Augenblick?«

Daniel leerte seinen Kaffee. »Ein Wahlsieg in Baden-Württemberg.«

»Ich nehme an, du und Habeck gehen bald nach Baden-Württemberg, um dort im Wahlkampf zu helfen?«, fragte sie.

»Ja. Kretschmann wollte in vorherigen Wahlkämpfen nie sonderlich viel Unterstützung von der Bundespartei haben. Aber Habeck ist eine Ausnahme. Er ist beliebt und selbst Kretschmann sieht ein, dass wir Habeck für die Bundestagswahl positionieren müssen.« Er biss sich auf die Lippen. »Ich glaube, diese Bundestagswahl wird die wichtigste Wahl in der Geschichte der Republik.« Er sah sie an. »Stimmt es, dass du deinen Job gekündigt hast?«

Mia nickte. »Wir alle müssen Opfer bringen. Bis zur Bundestagswahl im Herbst werde ich für die Grünen arbeiten.« Sie zögerte. »Ich komme mit euch nach Baden-Württemberg. Vorausgesetzt natürlich, dass ihr mich dabeihaben wollt.«

»Machst du Witze?« Daniel grinste über das gesamte Gesicht. »Habeck ist hingerissen von dir. Wir alle glauben, dass du eine exzellente Ergänzung für unser Team bist. Es gibt nur ...« Er stockte. »Es gibt nur Bedenken wegen ...«

Mia wusste genau, weswegen es Bedenken gab. »Wegen meines Mannes«, sagte sie.

Daniel lief rot an. »Nun ... ja. Niemand weiß so wirklich, ob du und er ... er leitet den Wahlkampf für die AfD, oder?«

»Ja«, sagte Mia kühl. »Das tut er.«

»Und sind du und er ...« Daniels Gesicht war mittlerweile so rot wie eine Tomate. »Seid ihr noch zusammen?«

»Wir sind verheiratet«, stellte Mia klar. Für den Fall, dass Daniel sich wieder für sie interessierte, wollte sie ihm keine Hoffnungen machen. Sie hatte im Augenblick mehr als genug von Männern. »Wir werden bis zum Ende des Wahlkampfs eine Pause machen und im Herbst sehen, wo wir stehen.« Sie leerte ihren Kaffeebecher. »Das bedeutet, Habeck muss sich keine Sorgen machen, dass ich über meinen Mann versehentlich Informationen an die AfD weitergebe, und er braucht auch nicht hoffen, über mich an Informationen über Helene König zu kommen.«

Daniel hob die Hände. »Das war niemals eine Überlegung. Wir ...«

Sie schob den Becher weg. »Lass uns gehen. Wir haben einen Wahlkampf auszutragen.«

***

»Sind wir hier richtig für Robert Habeck?«

Zwei ältere Damen sahen Mia fragend an.

»Ja«, antwortete Mia. »Kommen Sie einfach herein. Nehmen Sie Platz.«

»Oh, das sieht aber nett aus!«, sagte eine von ihnen.

Das tat es wirklich. Matratzen und zahllose Kissen waren in dem kleinen Buchladen ausgebreitet worden. Es gab auch Stühle, aber die meisten Besucher zogen es vor, sich auf die gemütlichen Kissen zu setzen. Der Buchladen war bereits ordentlich gefüllt. Genau einhundert Gäste hatten hier Platz. Die meisten von ihnen hielten einen Kaffee oder einen Tee in der Hand und unterhielten sich fröhlich.

Mias Herz klopfte. Die Idee, eine Robert-Habeck-Bücherei-Tour zu machen, war ihre gewesen. Entsprechend nervös war sie heute.

Daniel tauchte neben ihr auf. »Sieht gut aus. Der Laden ist voll. Aber es sind auch nicht so viele, dass es nicht mehr intim wäre.«

Mia nickte. Genau das war ihr Gedanke hinter der Aktion gewesen. Der Landtagswahlkampf in Baden-Württemberg war anders als alles, was Mia jemals erlebt hatte. Bislang hatte sie mit Wahlkämpfen nur nervige Plakate, eine Unzahl an Flugblättern und eine Reihe nichtssagender Slogans verbunden. Jetzt aber erlebte sie den Wahlkampf nicht als Beobachterin, sondern steckte mittendrin. Robert Habeck hatte sie offiziell in sein Team aufgenommen. Gemeinsam tourten sie durch das Land. Habeck bestand darauf, dass sie mit der Bahn reisten. Von Stadt zu Stadt, von Gemeinde zu Gemeinde. Mia war auch Teil der Besprechungen. Zu Beginn hatte sie sich recht eigenartig gefühlt, mit den Strategen der Grünen in einem Raum zu sitzen, aber es dauerte nicht lange und sie überwand ihre anfängliche Scheu. Zumal sie rasch bemerkte, dass die unzähligen Gespräche mit Christian ihr ein gutes Verständnis dafür gegeben hatten, wie sich Menschen am einfachsten begeistern ließen.

»Wir sollten nicht nur Reden auf Stadtplätzen mit Mikrophon und Lautsprechern abhalten«, schlug sie im Zuge einer Besprechung vor. Das schien einige Überraschung bei Habeck und seinen Beratern auszulösen. Offenbar hatte niemand damit gerechnet, dass Mia als Neuzugang das Wort ergreifen würde.

Sie strich sich eine Strähne hinter das Ohr und sprach einfach selbstbewusst weiter. Genau wie Christian es immer tat. »Marktplatzreden sind doch nicht mehr zeitgemäß«, sagte Mia. »Es ist nur viel Geschrei und Gebrüll. Die Rechten machen so etwas, weil sie damit ihre Anhänger mobilisieren können. Aber wer Robert Habeck trifft, soll das Gefühl haben, ihn wirklich kennengelernt zu haben.« Sie hielt inne. »Und er soll seinen Freunden und seinen Verwandten davon erzählen, wie nett Habeck war.«

Dann erzählte sie von ihrer Idee mit der Bücherei-Tour. Habeck als ein Politiker zum Anfassen. Ein Politiker, mit dem man sich in Cafés und Buchläden entspannt unterhalten konnte. Fragen stellen, auch mal kritisch werden. Ein Politiker zum Kennenlernen.

In dem Augenblick, da die Veranstaltung begann und Robert Habeck auf das kleine Podium trat, wusste Mia, dass sie recht gehabt hatte. Großdemonstrationen und Marktgeschrei waren nicht Habecks Art, und die Menschen merkten es sofort, wenn ein Politiker sich nicht in seinem Element befand. Der grüne Parteivorsitzende trat grinsend zu den Leuten und schüttelte einigen von ihnen die Hand. Höflich und mit sanftem Lächeln stellte er sich so vor, wie sich ein Schwiegersohn seiner künftigen Schwiegermutter vorstellen würde.

Das Publikum war altersmäßig gemischt, allerdings überwiegend weiblich. Das macht es Habeck leicht, dachte Mia. *Frauen lieben ihn.*

Habeck stellte sich auf die Bühne und die Veranstaltung begann. Er sprach von grüner Politik und davon, dass sie den Planeten retten mussten. Die wachsende rechte Gefahr im Land ließ er auf Mias Ratschlag hin weitgehend unerwähnt. Sie hatte von Christian gelernt, dass es kontraproduktiv war, vor dem politischen Gegner zu warnen. Die eigenen Anhänger stimmten zu, die Gegner wurden mobilisiert und die Unentschlossenen dachten damit mehr an den politischen Gegner als an einen selbst. *Das war der Fehler bei der Präsidentschaftswahl 2016 und beim Brexit Referendum,* hörte Mia Christians Stimme in ihrem Kopf. *Anstatt zu sagen, wie schlimm der Gegner ist, muss man die Menschen mit einer eigenen Vision begeistert und für sich gewinnen.*

Robert Habeck tat genau das. Er begann sanft und leise davon zu sprechen, wie sie die Politik in Deutschland neu gestalten könnten, wie Deutschland ein Signal in die Welt senden könnte und dass die Klimafrage *die* Frage ihres Zeitalters sei. Dass es jetzt zwar um die Landtagswahl in Baden-Württemberg gehe, doch die Bundestagswahl bevorstehe, und wenn die Grünen dort triumphierten, sie eine ganz neue Gesellschaft schaffen könnten.

Die Frauen und die wenigen Männer – die meisten waren Studenten – nickten allesamt eifrig. Nur einer starrte Habeck mit finsterer Miene an. Mia besaß sich den Mann näher. Er war vielleicht Mitte zwanzig, trug ein kariertes Hemd und saß so steif da, als müsste er dringend auf die Toilette. Er wirkte in der entspannten Atmosphäre völlig fehl am Platz.

Mia entschied sich, den jungen Mann im Auge zu behalten. Sie hatten bei der Planung dieser Events natürlich gewusst, dass sich auch rechte Störer einfinden konnten. Sie hatten ein Security Team vor der Tür für den Fall, dass Rechte die Veranstaltung stürmen wollten. Wenn sie aber als Gäste an der Veranstaltung teilnahmen, konnte man sie kaum daran hindern. *Und wir sollten das auch nicht. Wir müssen zeigen, dass Robert Habeck keine Angst davor hat, sich der Bevölkerung zu stellen. Auch nicht den Rechten.*

Nach einer kurzen Ansprache, die gut anzukommen schien, erhielten die Anwesenden die Gelegenheit, Fragen zu stellen. Ganz wie Mia erwartet hatte, schoss die Hand des steifen jungen Mannes sofort in die Höhe.

Habeck lächelte in die Runde und deutete auf eine junge Studentin, die sich nach Habecks Meinung zu einer CO2-Steuer erkundigte. Eine gute Frage, aber ein gefährliches Thema für die Grünen in Baden-Württemberg, die doch über 30 % der Stimmen erzielen und sich als kompatibel mit der Großindustrie zeigen wollten. Habecks Antwort (Klimaschutz ist nicht kostenlos, muss aber mit der Wirtschaft zusammenarbeiten) fiel für Mias Geschmack deswegen auch ein wenig lauwarm aus.

Zwei Frauen stellten Habeck einige persönliche Fragen zu seinem Werdegang und zu seinem Leben, bevor er Politiker wurde. Dann war die Reihe an dem jungen Mann in dem karierten Hemd. Der junge Mann richtete sich auf. »Immer mehr Flüchtlinge aus Bosnien machen sich auf den Weg nach Deutschland. Wie denken Sie, sollten wir darauf reagieren? Wenn Sie an der Regierung wären, würden Sie 2015 wiederholen?«

Mia hielt den Atem an. In den letzten Monaten war es in Bosnien zu Unruhen gekommen. Bosnische und kroatische Demonstranten hatten in Sarajevo dafür demonstriert, den föderativen Bundesstaat zu einem Zentralstaat umzubauen. Eine neue Regierung war eingesetzt worden, die genau dieses Ziel umsetzen wollte. Doch das wiederum ärgerte die serbische Minderheit, die fürchtete, von Bosniern und Kroaten beherrscht zu werden. In den letzten Wochen hatten sogar serbische Separatisten einige Dörfer besetzt und ihre Unabhängigkeit erklärt. Angeblich mit der Unterstützung Serbiens und Russlands, wohingegen der Westen die neue bosnische Regierung unterstützte. Mia hatte den Konflikt nicht im Detail verfolgt, doch die Lage spitzte sich immer weiter zu und auch die Zahl der Flüchtlinge aus Bosnien stieg langsam an.

Die Grünen versuchten seit Jahren, das Flüchtlingsthema nach Möglichkeit zu vermeiden. Deutschland hatte ein 2015-Trauma und die Parteien bemühten sich seit diesem Jahr, der Bevölkerung zu versichern, dass die Flüchtlingskrise sich *nicht* wiederholen würde. Die Grünen, die eindeutig die Partei der offenen Grenzen waren, konnten in dieser Frage nur verlieren. Zumindest dann, wenn sie versuchten, sich als Volkspartei aufzustellen.

Die Stimmung im Raum war schlagartig wie verwandelt. Alle Köpfe wandten sich neugierig zu Habeck. Wie würde er reagieren?

Die meisten Politiker verfielen bei diesem Thema in eine Reihe von Plattitüden und Geschwurbel. Habeck jedoch reckte sein Kinn. »Ja«, sagte er. »Wenn wir an der Regierung sind, wird Deutschland auch weiterhin Menschen in Not helfen.«

Der junge Mann starrte Habeck mit offenem Mund an und wollte etwas sagen, wurde aber vom Applaus unterbrochen. Die meisten Anwesenden waren Grünenanhänger und schätzten eine starke Position. Auch Mia nickte instinktiv. Die Grünen mussten sich weder davor fürchten, in der Flüchtlingsfrage Wähler an die AfD zu verlieren, noch konnten sie sich Hoffnungen machen, AfD-Wähler zu gewinnen. Es waren die Parteien der Mitte, die durch ihren lauwarmen Kurs Stimmen an beide Lager verloren.

Während die Menschen im Raum klatschten, setzte der junge Mann einen wütenden Gesichtsausdruck auf. Doch das musste noch nichts heißen. Wäre der Saal voller AfD–Anhänger, hätte die Menschen Robert Habeck einstimmig ausgebuht. Die Polarisierung Deutschlands spitzte sich zu.

In den Wochen vor der Landtagswahl wurde das Flüchtlingsthema mit jedem Tag größer. Zuerst waren es nur wenige Hunderte Bosnier, die vor den Kämpfen zwischen der bosnischen Regierung und den serbischen Separatisten flohen. Doch schon bald machten sich Tausende auf den Weg. Viele von ihnen hatten Verwandte in Österreich und Deutschland.

Die österreichische Regierung unter Kanzler Kurz versuchte, die Grenzen zu schließen und ein Übereinkommen mit den Regierungen in Deutschland und den Niederlanden zu schließen. Man würde so viele Flüchtlinge weiterlassen, wie diese Länder bereit waren aufzunehmen. Damit spielten die Österreicher den Ball geschickt an die Bundesregierung in Berlin weiter.

Doch die hatte keine Ahnung, wie sie reagieren sollte. Annegret Kramp-Karrenbauer stand vor einem unlösbaren Dilemma. Wenn die CDU die Grenzen schloss, würde sie Stimmen an die Grünen verlieren, wenn sie die Grenzen öffnete, Stimmen an die immer stärkere werdende AfD. Die Bundesregierung versuchte, dieses Problem mit einem Kompromiss zu lösen, der am Ende keine Seite zufriedenstellte. Deutschland erklärte sich bereit, ein Kontingent von 3000 Flüchtlingen am Tag aufzunehmen. Die Lösung war vermutlich vernünftig, aber sie ärgerte sowohl das linke Lager, das auf die Not und Unmenschlichkeit an der österreichisch-slowenischen Grenze verwies, als auch das rechte Lager, das sich einmal mehr über Rechtsbrüche und Zuwanderung empörte.

In der letzten Woche vor der Landtagswahl war die Stimmung so aufgeheizt, dass es auf den Straßen immer öfter zu Konfrontationen zwischen linken und rechten Gruppen kam. Bald schon schien es beinahe nur noch um die Flüchtlingspolitik zu gehen. Die Grünen in Baden-Württemberg lagen in den Sonntagsfragen stabil bei 30 %, doch die AfD kletterte mit der tatkräftigen Unterstützung von Helene König immer weiter nach oben, während die CDU weiter und weiter abstürzte.

Am Tag der Landtagswahl war Mia nervös. Für einen Augenblick hielt sie es gar für denkbar, dass die AfD die Grünen mit einem Überraschungssieg noch überholen würde. Die Umfragen gaben das zwar nicht her, aber seit Trump und dem Brexit wollte Mia sich nicht mehr auf Umfragen verlassen.

Mia und Daniel wurden eingeladen, an der Wahlparty des Landesverbands in der Staatsgalerie Stuttgart teilzunehmen. Zweifellos durften die Grünen dieses prestigeträchtige Gebäude nur deswegen nutzen, weil sie den Ministerpräsidenten im Land stellten.

Mia zog für die Feier ihr schönstes Businesskleid an, steckte sich die Haare hoch und trug sogar ein wenig Make-up auf. Seit ihrer Trennung von Christian hatte sie sich gehen lassen. Es tat darum gut, sich für einen Abend schön herzurichten.

Christian. Ihre Gedanken wanderten zu ihrem Ehemann. In den letzten Wochen hatte sie es mit aller Macht vermieden, an ihn zu denken, und doch schwang sein

Name bei jedem Gespräch über die AfD mit. Mia und er hatten nur einmal kurz telefoniert. In knappen Worten hatte er sie darüber informiert, dass er der AfD beigetreten sei und bis zur Bundestagswahl die Wahlkämpfe von Helene König leiten würde. Mia hatte ihm ihrerseits ihren Entschluss mitgeteilt, an der grünen Kampagne mitzuarbeiten. »Dann sprechen wir einander wohl im Herbst wieder«, waren seine Worte gewesen, gefolgt von: »Ich liebe dich« – »Ich liebe dich auch.«

Seitdem herrschte Stille. Zweifellos befand sich auch Christian irgendwo in Stuttgart. Denn auch die AfD hatte Grund zu feiern. Sie kletterte in den Umfragen immer weiter nach oben und stand kurz davor, das beste Ergebnis zu erzielen, das die Partei jemals in einem westdeutschen Bundesland gehabt hatte.

Vielleicht waren die Grünen-Anhängerinnen und -Anhänger deswegen so nervös. Auf der Wahlfeier unterhielten Mia und Daniel sich mit allerlei Leuten: mit Unternehmern, Lehrern, Reportern und Studenten. Doch nahezu unvermeidlich führte jedes Gespräch irgendwann zur AfD und zum Aufstieg der Rechten. »Ich hätte das nicht für möglich gehalten«, erklärte ein älterer Herr, der sich als Rhetorikprofessor an der Universität Tübingen vorstellte. »Die Leute müssen klüger sein«, sagte er und schüttelte heftig den Kopf. »Uns geht es doch gut in Deutschland. Wir sind immer noch eines der reichsten Länder der Welt. Wie kann es da zum Aufstieg der Rechten kommen?«

Mia dachte an ihren Schwager Norbert. *Bei uns auf dem Bau wählt jeder die AfD,* hatte dieser gesagt. Ob das stimmte? Lebten sie selbst und der Professor und all die anderen Grünen hier in einer Blase und begriffen nicht, wie es den Geringverdienern im Land ging. Wie verloren und vergessen sich diese zu fühlen schienen?

Über der gesamten Wahlfeier hing ein Hauch von Verhängnis und Furcht. Sie waren zusammengekommen, um einen Sieg zu feiern. Doch jeder fürchtete die böse Überraschung, und je mehr die Menschen davon sprachen, dass Baden-Württemberg schließlich nicht Sachsen-Anhalt sei, desto mehr fürchtete Mia, dass es das doch werden könnte.

Als das Wahlergebnis endlich angekündigt wurde, war es eine Erleichterung. Zumindest hatten die Warterei und die Anspannung ein Ende. Die Partei hatte eine riesige Leinwand über der Tribüne aufgespannt. Dort wurde die Live-Berichterstattung des ZDF projiziert. Auf der Tribüne standen Kretschmann, seine Landesminister und die Grünen-Parteispitze, bestehend aus Robert Habeck und Annalena Baerbock. Sie alle blickten genauso erwartungsvoll auf den Bildschirm wie die beinahe zweitausend Feiernden auf der Wahlparty.

Als die erste Hochrechnung über den Bildschirm ging, hielt Mia den Atem an. Der grüne Balken schoss als Erstes in die Höhe. Bei der letzten Wahl hatten die Grünen das beste Ergebnis in ihrer Geschichte erzielt und sie übertrafen es diesmal sogar noch. Der Balken schoss über den vom letzten Jahr hinaus und blieb bei etwa 32 % stehen.

Jubel und Klatschen hallte durch den Raum. Doch beides dauerte nicht lange an. Dass die Grünen den ersten Platz würden verteidigen können, war von allen erwartet worden. Die wichtigste Frage war, ob eine Koalition aus CDU und AfD die Macht im Land übernehmen und Kretschmann stürzen könnte. Darum wollte niemand jubeln, ehe die Ergebnisse dieser beiden Parteien nicht feststanden.

Das Ergebnis der CDU folgte als Nächstes: Bei der letzten Wahl hatte die CDU eine Rekordniederlage erlitten: 27 % und zum ersten Mal nicht stärkste Partei im Land. Diesmal sah es noch schlechter aus. Schon bei nur knapp über 20 % hörte der Balken zu wachsen auf.

Mia wusste nicht, was sie von diesem Ergebnis halten sollte. Wie die meisten jungen Frauen hatte sie nicht viel für die Union übrig. Doch wenn die CDU Stimmen verlor, war es gut möglich, dass diese größtenteils zur AfD abgewandert waren.

Das Ergebnis der AfD wurde als Drittes genannt. Als der blaue Balken in die Höhe schoss, presste nicht nur Mia die Zähne zusammen. Sie konnte sehen, dass selbst Kretschmann die Stirn runzelte. AfD: 22 %.

Damit hatten die Grünen ihre Position verteidigt.

Doch niemand klatschte oder jubelte. Die Resultate der anderen Parteien wurden stumm hingenommen. Als die Hochrechnung zu Ende war, trat nicht Winfried Kretschmann, sondern die Grünen-Co-Parteivorsitzende Annalena Baerbock an das Mikrophon. Sie hatte ein Lächeln aufgesetzt, obwohl der Erfolg der AfD auch sie geschockt haben musste.

»Meine lieben Freundinnen und Freunde!«, rief Baerbock. »Ich möchte mich bei euch allen und vor allem natürlich bei Winfried Kretschmann für das beste Ergebnis in der Geschichte von Bündnis 90 die Grünen bedanken!«

Erst jetzt wurde laut geklatscht. Auch Mia jubelte, wenn auch mit Zurückhaltung. Das gute AfD-Ergebnis lag ihr schwer im Magen. Darum war Mia umso dankbarer, dass Baerbock das Thema AfD sofort ansprach.

»Ja, wir haben gewonnen«, sagte die Parteivorsitzende. »Aber auch andere haben gewonnen. Wir können die Augen nicht davor verschließen, dass die Rechten in Deutschland immer mächtiger werden.« Mia und Daniel tauschten einen Blick. Augenblicklich kehrte Stille im Saal ein.

»Die Rechten sind zurück«, sagte Baerbock. »Und wir wissen, wozu sie imstande sind. Wir wissen, wohin Nationalismus und Fremdenhass dieses Land bereits einmal geführt haben. Wir wissen, wie es endet.«

Mia spürte Gänsehaut auf ihren Armen. Sie hatte Baerbock nie besonders viel Aufmerksamkeit geschenkt, doch nun schien die Parteivorsitzende genau die Rede zu halten, die Mia und so viele andere seit Wochen hören wollten.

»Wir wissen, wie es beginnt. *Und* wir wissen, wie man kämpft!« Baerbock holte tief Luft. »Die Parteien der großen Koalition haben den Kampf gegen rechts vergessen. Sie kauern. Sie ducken sich weg. Sie rücken nach rechts in der Hoffnung, dass sie AfD-Wähler besänftigen können. Wir Grüne wissen es besser. Wir wissen, dass nach rechts zu rücken, die AfD nur noch stärker macht. Darum haben wir heute gesiegt und die CDU hat verloren!«

Baerbock blickte zu ihrem Co-Parteivorsitzenden Robert Habeck. »Im Bundesvorstand haben wir den Aufstieg der Rechten seit Monaten beobachtet und die Reaktionen der ehemaligen Großparteien sorgfältig verfolgt. Wir sind zu dem Ergebnis gekommen, dass weder Olaf Scholz noch Annegret Kramp-Karrenbauer es mit Helene König aufnehmen können. CDU und SPD verbiegen sich und wirken dadurch immer unglaubwürdiger.« Mia nickte. Baerbock hatte völlig recht.

»Wir glauben, dass man den Rechten nur mit einer starken Botschaft entgegentreten kann! Mit einer Botschaft der Menschlichkeit und des Fortschritts! Mit einer Botschaft des Miteinanders und der Empathie!«

Mia klatschte mit den anderen. Genau das waren die Worte, die sie alle hören wollten. Kein Verständnis für die Rechten, sondern ein offenes Visier!

»Darum haben wir entschieden, dass wir zum ersten Mal in der Geschichte von Bündnis 90 Die Grünen nicht mit einer Doppelspitze, sondern mit einer Kanzlerkandidatin oder einem Kanzlerkandidaten in den Wahlkampf gehen werden! Wir glauben, es ist an der Zeit für einen grünen Kanzler oder eine grüne Kanzlerin!«

Das war es. Auf diese Ankündigung hatten die Medien und die Parteianhänger seit Monaten gewartet. Instinktiv drehten sich alle Köpfe zu Robert Habeck, der neben Kretschmann stand und mit den anderen klatschte.

Baerbock lächelte. »Wie immer und bei den Grünen üblich, wird es eine Urwahl geben, die entscheidet, wer uns in den Wahlkampf führt.« Sie blickte so wie alle anderen zu Robert Habeck. »Ich weiß, dass Politiker es gerne spannend machen und am Wahlabend grundsätzlich immer um den heißen Brei herumreden. Aber wir Grüne waren noch nie typische Politiker. Darum freut es mich anzukündigen, dass ich ... mich nicht für die Position der Kanzlerkandidatin bewerben werde.«

Wieder herrschte Totenstille. Mia sah aus dem Augenwinkel, dass Daniels Mund vor Spannung offen stand.

»Stattdessen unterstütze ich Robert Habecks Kandidatur als erster grüner Kanzler Deutschlands.«

Christian

(Berlin, Mai 2021)

»Es tut mir leid, Herr Jäger, aber ich kann unter diesen Umständen nicht weiter für Sie arbeiten.«

Nadine vermied es, Christian in die Augen zu sehen, aber ihre Stimme klang selbstsicher und entschlossen.

Christian hielt inne. Er hätte damit rechnen müssen, dennoch traf ihn diese Ankündigung härter, als er es geglaubt hätte. *Zuerst Mia und jetzt Nadine.*

»Du verstehst, dass sich für dich nichts ändert, oder? Deine Arbeit wäre dieselbe wie immer.«

Nadine nickte. »Das verstehe ich. Aber ich wäre dennoch Teil des offiziellen AfD-Wahlkampfteams, oder?«

Sie standen vor dem Eingang zu ihrem Büro. Nadine hatte den denkbar schlechtesten Zeitpunkt für ihre Ankündigung gewählt. Helene König und Herbert Kingl warteten im Besprechungsraum.

»Ja, das wärst du, aber ...«

»Dann muss ich kündigen.«

Christian zögerte. Zu kündigen war Nadines gutes Recht. Und dennoch machte ihn die Ankündigung wütend. Begriff niemand, dass sie einfach nur ihre Arbeit machten? Eine Kampagne. Die beste Kampagne, die sie jemals gestaltet hatten. Seine Gedanken wanderten erneut zu Mia, die einfach so ausgezogen war. Ohne ein Wort der Warnung, ohne ... mit ihm darüber zu sprechen.

»Ist alles in Ordnung mit Ihnen?« Nadine legte ihm die Hand auf die Schulter.

Christian, der für einen Augenblick lang die Augen geschlossen hatte, riss sie hastig auf. »Natürlich. Alles ist in Ordnung. Du bist eine großartige Mitarbeiterin und es schmerzt, dich zu verlieren.« Er holte kurz Luft. »Ich verstehe deine Entscheidung, auch wenn ich betonen möchte, dass du im Leben immer wieder an Projekten wirst arbeiten müssen, die dich nicht begeistern.« Sie wollte etwas sagen. Aber Christian winkte ab. »Geh. Wir klären die Formalitäten morgen. Ich werde dir ein hervorragendes Zeugnis ausstellen und du wirst eine großzügige Zahlung zum Abschluss bekommen. Das hast du verdient. Der Beginn dieser Kampagne wäre ohne deine Social-Media-Fähigkeiten niemals so erfolgreich gewesen.«

»Ja«, sagte Nadine bitter. »Genau das fürchte ich auch.« Damit ließ sie Christian stehen.

Beruhig dich. Du kannst sie leicht ersetzen.

Christian stand einen Augenblick in der Halle und sammelte seine Gedanken. Als er seine Emotionen wieder im Griff hatte, stieß er die Tür auf und betrat das Besprechungszimmer. Helene König, Herbert Kingl und Christians Stellvertreter Michael saßen bereits am Tisch. Michael hatte sich in den letzten Wochen gut gemacht und anders als Nadine den Wechsel in die AfD-Kampagne hervorragend gemeistert. Im Augenblick langweilte er König, die heute einen grünen Blazer angezogen hatte, mit irgendeiner öden Geschichte. Vor den dreien auf dem Tisch ausgebreitet lag eine Reihe von Zeitungsartikeln. Sie alle zeigten denselben Namen auf dem Titelblatt: Robert Habeck.

Christian hatte immer gewusst, dass das Establishment ihnen einen starken Gegenkandidaten präsentieren würde. Einen Retter der Republik. Einen Emmanuel

Macron. Jemanden, hinter dem sich die Feinde der AfD versammeln könnten. Jetzt wussten sie, wer dieser Champion der Etablierten sein würde.

Helene König rümpfte die Nase. »Habeck ist in allen Medien«, beschwerte sie sich und deutete auf die Zeitungsartikel. Darunter befanden sich renommierte Namen: die FAZ, die TAZ, der Spiegel und selbst die Bild. Zum ersten Mal seit ihrem Aufstieg befand sich nicht Helene König im Zentrum der politischen Aufmerksamkeit. Stattdessen ging es überall nur um Robert Habeck. Seine Vergangenheit, seine Chancen, sein Privatleben. Die Presse schien regelrecht verliebt in die Idee zu sein, dass ausgerechnet ein Grüner Kanzler werden könnte.

»Er hat ja noch nicht mal die Urwahl gewonnen«, sagte Kingl. »Diese dummen Grünen mit ihren Urabstimmungen. Vielleicht gewinnt ja ein ganz anderer Kandidat.«

Urwahlen konnten in der Tat unberechenbar sein, aber in diesem Fall gab es keinen Zweifel daran, wer aus dieser Abstimmung als Sieger hervorgehen würde. »Es gibt keinen relevanten Gegenkandidaten«, sagte Christian. »Nur ein paar unbekannte Feministinnen, die die Kandidatur nicht kampflos einem Mann überlassen wollen.« Christian sah in die Runde. »Die Urwahl ist in Wahrheit eine Gelegenheit für die Grünen, Habeck in den Medien zu halten. Wer sind seine Herausforderer? Wie hoch wird er gewinnen? Wie war seine Bewerbungsrede?« Die Urwahl verschafft ihm wochenlang die Aufmerksamkeit der Presse.« Christian sah auf die vielen Titelbilder. »Wir müssen ihn irgendwie zu Fall bringen.«

»Müssen wir?«, fragte Kingl und sah in die Runde. »Uns kann der Typ doch im Grunde egal sein. Die AfD wird kaum Stimmen an die Grünen verlieren, egal wie lange sie Habecks Herzschmerz oder Kinderkrankheiten in den Medien breittreten. Es sind die SPD, die Linkspartei und die Union, die an ihn Stimmen verlieren.«

Helene König sah auf. »Das stimmt«, sagte sie und warf Christian einen fragenden Blick zu. »Können wir ihn nicht einfach ignorieren?«

Christian schüttelte den Kopf. »Nicht wenn wir gewinnen wollen. Wenn wir zulassen, dass Habeck sich in einen deutschen Macron verwandelt, dann werden Sie das Schicksal von Marine Le Pen teilen. Wir müssen ihn entzaubern, seine Wähler demotivieren und ihn selbst in Frage stellen. So sehr, dass Konservative und andere lieber die CDU als die Grünen wählen.«

»Was für einen Unterschied macht das für uns?«, fragte Kingl. »Die CDU geht mir ehrlich gesagt am Arsch vorbei.«

Christian sah ihn genervt an. »Sie wollen regieren, oder? Die Union liegt derzeit bei nur noch 20 %. Wenn sie noch weiter fällt, haben wir keine Chance, mit irgendjemandem eine Regierung zu bilden.«

Kingl zögerte. Christian hatte längst gemerkt, dass viele AfDler nicht wirklich ans Regieren dachten. Sie wollten protestieren und sich aufregen, nicht herrschen. Das unterschied Helene König von vielen anderen in ihrer Partei. König wollte Macht.

Königs Augen funkelten. »Er hat recht«, sagte sie. »Wenn wir nach der Wahl regieren wollen, dann geht das nur unter gewissen Voraussetzungen.« Sie hob die Hand und zählte an den Fingern ab. »Erstens muss die AfD die stärkste Partei werden«, sagte sie.

Niemand widersprach. Das war offensichtlich.

»Zweitens müssen AfD und CDU zusammen eine Mehrheit haben. Was wiederum bedeutet, dass Grüne,

SPD und Linkspartei ihrerseits keine Mehrheit zusammenbekommen dürfen.«

Kingl sah skeptisch aus. »Ihr beide glaubt doch nicht im Ernst, dass die CDU der AfD jemals den Kanzlersessel übergibt!«, begehrte Kingl auf.

Doch genau das glaubten sie. In ganz Europa hatte sich in konservativen Parteien die Ansicht durchgesetzt, dass die einzige Möglichkeit, den Aufstieg der Rechtsparteien zu verhindern, darin bestand, sie in die Regierung zu holen. Wenn nach einer CDU-Wahlniederlage dort der rechte Flügel rund um Merz und die Werteunion die Macht übernehmen und die AfD der Union in Koalitionsverhandlungen die wichtigsten Ministerposten anbieten würde ... Zumindest im Fall der CSU stand jedenfalls außer Frage, dass es ihr schwerfallen würde, einen Grünen zum Kanzler zu machen.

»Wir wissen nicht, was passieren wird«, sagte Christian schließlich. »Aber wir wissen, dass die AfD auf keinen Fall in die Regierung kommt, wenn die Grünen stärkste Partei werden. Die CDU könnte eine Koalition mit uns nur dann rechtfertigen, wenn sie behaupten könnte, dass Königs Kanzlerschaft klar den Wählerwillen widerspiegele.«

»Wir müssen Habeck also schlagen«, sagte König. »Aber wie?«

»Mit einem TV-Kanzlerduell zwischen Ihnen und ihm«, sagte Christian. Die Idee geisterte schon länger in Christians Kopf herum. Habeck würde alles tun, um sich als Gegenpol zu Helene König in Stellung zu bringen.

»Würden die Grünen dem zustimmen?«, fragte König. »Der SPD hat das Duell nur geschadet.«

»Die Grünen werden sich sagen, dass sie Rassismus und so weiter entgegentreten müssen. Sie können mit so einem Duell die eigenen Wähler mobilisieren und gleichzeitig Wähler von CDU und SPD abziehen. Habeck könnte sich als die einigende Kraft im linken Lager präsentieren.«

König ließ sich den Gedanken eine Weile durch den Kopf gehen. »Ich will kein Kanzlerduell, ehe der Wahlkampf nicht zu einem Ende kommt«, sagte sie entschieden. »Also erst im Herbst. Das können wir den Grünen anbieten. Aber, wir sollten Habeck schon vorher angreifen.«

»In Ordnung, aber wie ...«

»Es gibt eine Möglichkeit«, sagte König und leckte sich über die Lippen.

Christian zog die Brauen hoch. Er hatte eben selbst einen Vorschlag machen wollen. »Ja?«, fragte er stattdessen.

»Haben Sie das von der Gruppenvergewaltigung in Bochum mitbekommen?«

Natürlich hatte er das. Wie auch nicht? Alle sozialen Medien waren voll davon, und die Zeitungsartikel, die sich nicht um Robert Habeck drehten, kümmerten sich vor allem um die Vergewaltigung. Die Details waren noch unklar, aber so viel schien bestätigt: Zwei Studentinnen waren in der Innenstadt ausgegangen, als sie früh morgens von einer Gruppe junger Männer umringt und vergewaltigt wurden. Eines der Mädchen von sechs verschiedenen Kerlen. Die Männer waren geflohen und hatten bislang noch nicht identifiziert werden können, doch die Mädchen sagten aus, dass sie glaubten, es handelte sich bei ihnen um syrische Flüchtlinge.

Der Fall hatte ganz Deutschland geschockt. *Und mobilisiert die rechte Basis.*

Christian zögerte. »Ich dachte, wir seien uns einig, dass wir eine weniger radikale Sprache anwenden wollten ... Wenn wir diesen Fall ausschlachten –«

»Ausschlachten?«, brauste Kingl auf. »Was ist daran bitte ausschlachten? Unsere Frauen werden nachts von Fremden vergewaltigt und die Politiker sehen tatenlos zu!«

Gänsehaut bildete sich auf Christians Armen. Genau solche Sprüche teilten das Land. Manche dachten: Richtig so! Und andere gruselte es bei solchen Worten. *Ich gehöre wohl zur letzteren Gruppe.*

»Wenn Sie auf die Weise lospoltern, erreichen Sie nur die 15 %, die sowieso AfD wählen«, versuchte er, König zur Besinnung zu bringen. Die Sache war ihm wichtig. Er wollte keinen Wahlkampf anführen, der sich auf den Ängsten der Menschen stützte oder aber Vergewaltigungen und andere Tragödien benutzte. »Mit so einer Strategie verscheuchen Sie die gemäßigten Wähler und die brauchen Sie, wenn Sie Kanzlerin werden wollen.«

Es war das erste Mal, dass er und König unterschiedlicher Meinung waren. Er hatte sie nicht überzeugt. Das konnte er in ihren Augen sehen.

»Glauben Sie mir«, wiederholte Christian beschwörend. »Mit solchen Methoden gewinnen Sie keine neuen Wähler, sondern verlieren Wähler in der Mitte. Wir schlagen Habeck an anderen Fronten. Bei den Fragen der Selbstbestimmung und beim Diesel. Sie können Habeck natürlich auch im Bereich seiner Zuwanderungspolitik angreifen. All das genügt.«

»Und wenn wir die Kampagne anders angehen?« Michael, der das bisherige Gespräch stumm verfolgt hat, sah in die Runde.

Christian runzelte die Stirn. Er schätzte es nicht, wenn seine Mitarbeiter ihm vor Klienten widersprachen. Andererseits konnte er Michael vor König und Kingl auch nicht zurechtweisen.

König wandte den Kopf interessiert zu Michael. »Was haben Sie im Sinn?«

Michael leckte sich über die Lippen. »Wir können das Thema ansprechen, ohne in primitive Hassrhetorik zu verfallen«, sagte er. »Was, wenn Helene König ein Statement herausgibt, in dem sie Robert Habeck Sexismus und Frauenfeindlichkeit vorwirft?«

Christian hob die Augenbrauen. So ein Statement schien auf den ersten Augenblick absurd. Doch gerade deswegen würde es in den Medien zweifellos großen Widerhall finden.

König griff sich nachdenklich an das Kinn. »Wir könnten den Grünen vorwerfen, dass sie bei Gewalt gegen Frauen wegsehen, und zwar dann, wenn es sich bei den Tätern um Ausländer handelt.«

»Zwangsehen, Vergewaltigungen, Gewalt allgemein«, zählte Michael begeistert auf. »Wir könnten den Grünen vorwerfen, dass sie den Feminismus verraten. Das wird umso besser wirken, weil mit Habeck zum ersten Mal ein Mann allein an der Spitze der Grünen steht.«

Alle Köpfe drehten sich zu Christian. Christian gefiel die Richtung nicht, die dieses Gespräch genommen hatte. Allerdings konnte er nicht leugnen, dass so eine Kampagne einen gewissen Erfolg versprach.

»Also gut«, sagte er nach einer Weile. »Frau König, wir bereiten Ihr Pressestatement zu den Ereignissen in Bochum vor. Michael, du kümmerst dich um die sozialen Medien.«

Mit einem unguten Gefühl im Magen blieb Christian in seinem Büro zurück.

Zum ersten Mal kam es ihm so vor, als würde er langsam die Kontrolle verlieren.

Mia

(Berlin, Juni 2021)

Deutschland schien in diesen Tagen wie elektrisiert zu sein. Robert Habeck hatte die Wahl zum Kanzlerkandidaten der Grünen triumphal gewonnen. In den Umfragen erlebten die Grünen einen Höhenflug. Sie lagen auf Platz eins, wenn auch die AfD nicht weit hinter ihnen steckte.

Mia war nach dem Wahlkampf in Baden-Württemberg in Robert Habecks engsten Beraterkreis aufgerückt. Ihr Aufgabenfeld wuchs von Woche zu Woche an. Momentan war sie dafür verantwortlich, zusammen mit Daniel den Sommerwahlkampf in Berlin zu organisieren, also die Koordination von Infoständen, die Verteilung von Flugblättern in den Straßen und in den Briefkästen und natürlich die Abhaltung von kleineren Kundgebungen zu übernehmen. Die Grünen hatten in Berlin acht Wahlkampfteams aufgestellt. Da die Partei bei der letzten Bundestagswahl nur 8 % erhalten hatte, verfügten sie nicht über die Ressourcen, die anderen Parteien zur Verfügung standen. Sie konnten keine Firmen ihre Plakate aufkleben lassen, sondern kümmerten sich kurzerhand selbst darum. Mia hatte für ihre Teams gezielt unter den Berliner Studenten nach freiwilligen Wahlhelfern suchen lassen. Die Studenten hatten Sommerferien und viele wählten Grün. Darum herrschte zumindest in Berlin an Aktivisten kein Mangel. Mia bildete mehrere Jugendteams, ließ sie eine dreitägige Kurzschulung durchlaufen und schickte sie dann in den Einsatz. Die Zahl der Freiwilligen nahm von Woche zu Woche zu. Mia hatte durchgesetzt, dass sie den Freiwilligen eine Entschädigung von 20 Euro am Tag zahlten. Auch damit lockten sie die Studenten.

Nur in einer Hinsicht gab es Probleme. Jeden Sonntagabend rief Mia die Leiter der einzelnen Aktionsgruppen oder aber deren Stellvertreter zu einer kurzen Besprechung zusammen. In der Regel tauschten sie sich bei diesen Treffen kurz aus und besprachen die Aufgabenverteilung für die nächste Woche. Die Besprechungen verliefen in der Regel in ungezwungener Atmosphäre in irgendeinem hippen Café.

Doch an diesem Sonntag hatte Mia ein ernstes Thema zu besprechen. »Es gibt immer mehr Berichte davon, dass AfD-Plakate in der Stadt verschwinden«, sagte sie streng.

Die acht Teamleiter, allesamt grüne Parteimitglieder, fünf von ihnen Studenten, tauschten recht gleichgültige Blicke. »Die Leute in Berlin wollen eben keine rassistischen Slogans vor ihrer Haustür lesen«, sagte Petra und strich sich die Rastalocken aus dem Gesicht.

Mia biss sich auf die Zunge. »Es gibt Berichte, dass organisierte Trupps nachts durch die Straßen ziehen und AfD-Plakate beschmieren oder abmontieren.«

»Und?« Mark, ein Soziologiestudent, hatte die Arme vor der Brust verschränkt. »Was kümmert es uns? Je weniger rechte Propaganda, desto besser.«

Mia seufzte. Auch sie hielt nichts von der AfD. Darum war sie ja überhaupt hier und nicht bei Christian. »Das ist nicht der Punkt. Wenn die Antifa und andere Leute, denen alles egal ist, das tun, dann ist es ihre Sache, aber …« Sie machte eine Pause und sprach erst weiter, als sie die volle Aufmerksamkeit hatte. »Wenn auch nur ein grünes Parteimitglied oder gar einer unserer Trupps an solchen Aktionen beteiligt wäre und das in die Medien käme …« Sie pausierte nochmal. »Es wäre das größte Wahlkampfgeschenk, das wir der AfD machen könnten.«

Die Teamleiter tauschten betretene Blicke. Mia war überzeugt, dass manche von ihnen an diesen Aktionen beteiligt waren oder aber wenigstens von ihnen wussten. Sie stellte noch einmal klar, welchen Schaden solche Aktionen haben konnten, woraufhin alle hoch und heilig versprachen, dass sie die Nachricht an alle Freiwilligen weiterleiten würden.

Im Laufe des Junis wurde Mia die reine Organisationsarbeit zu träge. Sie war schon immer eine Frau der Front gewesen. Jemand, der direkt mit den Menschen kommunizierte. Sie entschied darum zusammen mit Daniel, dass sie wenigstens ein- oder zweimal die Woche selbst Flugblätter verteilen sollten. Das war auch gut für die Moral. Die Freiwilligen strengten sich mehr an, wenn sie sahen, dass auch die Wahlkampfleiter ihr Bestes gaben.

Also ging Mia auch an diesem Tag mit den anderen zum Berliner Alexanderplatz, um Flugblätter zu verteilen und allgemein Werbung für die Grünen zu machen.

Es war ungewöhnlich heiß für einen normalen Junitag. Mia wischte sich den Schweiß von der Stirn, trank einen Schluck Wasser und zwang sich, ein Lächeln aufzusetzen. Am liebsten hätte sie sich jetzt an irgendeinen Pool oder ans Meer gelegt, ein Buch gelesen oder wäre ein wenig im Wasser geschwommen. Seltsam, dachte sie. *Wenn dieser ganze Wahnsinn nicht angefangen hätte, dann würden bald meine Sommerferien beginnen. Christian und ich wären irgendwo in Lateinamerika und würden ein fremdes Land und eine neue Kultur erkunden.*

Stattdessen verteilte sie Flugblätter.

Deutschlands Klimakanzler stand auf diesen geschrieben. *Robert Habeck: Jetzt!*

Die Reaktionen der Menschen waren gemischt. Manche, besonders die Frauen, rissen ihnen die Broschüren regelrecht aus den Händen. Andere beschimpften sie auf offener Straße.

Mia ging zu einer Frau mittleren Alters, die eine Aktentasche in der Hand hielt. Sie sah wie eine Businessfrau aus, die gerade Mittag machte.

»Für Sie«, sagte Mia lächelnd. Sie hatte gelernt, dass es am wichtigsten war, dass die Menschen einen als freundlich und höflich in Erinnerung behielten. Das hatte größeren Effekt, als jeder Plakatspruch jemals haben könnte.

Die Frau nahm das Flugblatt automatisch entgegen, warf einen Blick darauf und runzelte die Stirn. »Habeck?«, fragte sie.

»Ja. Der grüne Kanzlerkandidat.«

Die Frau blieb stehen. »Ich habe immer die Grünen gewählt.«

Mia lächelte noch breiter. »Das freut uns! Wollen Sie vielleicht einen Kugelschreiber, wir haben auch –«

»Aber dieses Mal wähle ich die Grünen sicher nicht mehr.«

Mia fiel aus allen Wolken. Sie sah sich um. Ihre Kollegen befanden sich in einiger Entfernung und verteilten weiter. »Das ist schade«, sagte Mia zögerlich. »Darf ich fragen, wieso?«

»Ich bin Feministin«, sagte die Frau entschieden.

Mia war verwirrt. »Dann sind wir Grüne Ihre Partei.«

»Sind Sie das?« Die Frau zog die Augenbrauen hoch. »Die Grünen verschließen ihre Augen schon seit Langem vor Sexismus, Missbrauch von Frauen und patriarchalischen Strukturen.«

»Aber –«

Doch die Frau war noch nicht fertig. »Ich habe ja lange zugesehen. Aber dass die Grünen die Gruppenvergewaltigung in Bochum einfach so hingenommen und nicht angesprochen haben. Irgendwo hört es auf. Die Grünen nehmen Sexismus und Frauenfeindlichkeit bei Einwanderern hin, weil sie Angst davor haben, als rassistisch zu gelten. Ich aber glaube an die Gleichberechtigung von Männern und Frauen.«

»Ja natürlich, aber –«

»Und ich glaube nicht, dass irgendeine Religion Männern das Recht gibt, Frauen zu unterdrücken!«

Damit wandte sie sich ab.

Mia blieb wortlos zurück. Das Flugblatt hielt sie immer noch in der Hand.

Eine Stunde lang verteilten sie noch, doch Mia kam es wie eine Ewigkeit vor. Sie drückte den Passanten mit gezwungenem Lächeln weitere Flugblätter in die Hand, ließ sich aber auf keine weiteren Diskussionen mehr ein. Die ganze Zeit über rasten ihre Gedanken. Hatte die Frau recht?

Auf der Fahrt nach Hause plauderten die grünen Wahlkampfhelfer fröhlich vor sich hin. Nur Daniel schien zu bemerken, dass Mia sich ungewöhnlich still verhielt. »Ist alles in Ordnung?«, fragte er, nachdem sie eine Weile lang schweigend im Wagen gesessen hatte.

Mia strich sich eine Strähne aus dem Gesicht und zwang ihren Blick vom Fenster weg. »Ja«, sagte sie. Nach kurzem Überlegen fügte sie hinzu: »Glaubst du manchmal, dass unsere Gegner nicht völlig unrecht haben?«

Er zog die Augenbrauen hoch.

»Versteh mich nicht falsch«, versicherte sie rasch. »Ich verabscheue die AfD genauso wie du. Aber kann es sein, dass die Ängste der Leute nicht völlig unbegründet sind?«

»Waren die Ängste vor den Juden begründet?«, fragte Daniel. »Rassisten wiederholen ihre Stereotypen so lange, bis selbst die unbefangensten Bürger glauben, dass doch ein Fünkchen Wahrheit darin stecken müsste.«

Mia zögerte. Das hatte sie nicht gemeint.

Daniel ergriff ihre Hand. »Wir dürfen uns in diesem Wahlkampf nicht hinterfragen, Mia. Wir müssen alles geben, um das Land vor den Rechten zu schützen.«

Ja, nur wollen die Rechten wiederum alles geben, um das Land vor den Islamisten zu schützen. Wer hat recht? Oder hat niemand recht?

Sie umarmte Daniel zur Verabschiedung und zog sich dann ins Haus ihrer Eltern zurück. Sie kam sich wie ein Teenager vor, als sie ihre redselige Mutter abwimmelte und sich stattdessen in ihr Zimmer zurückzog. Auf ihrem Bett liegend schwirrten Mia tausende Gedanken durch den Kopf. War der Vorwurf der Frau von heute gerechtfertigt? Sahen die Grünen bei Sexismus und Frauenfeindlichkeit dann weg, wenn es sich bei den Tätern um Moslems handelte? Duldeten sie in Moscheen Dinge, die sie in Kirchen niemals hinnehmen würden?

Die Worte der Frau gingen ihr einfach nicht aus dem Kopf. Mia wünschte sich, dass sie mit irgendjemanden darüber sprechen könnte. Sie hatte es mit Daniel versucht. Doch Mia hatte schon oft gemerkt, dass viele ihrer grünen Parteifreunde unglaublich verschlossen sein konnten, wenn es darum ging, wirklich andere oder kritische Meinungen anzunehmen. Der Kampf gegen rechts gehörte einfach zur grünen DNA. Nein, mit Daniel konnte sie darüber nicht sprechen. Sie befanden sich im Wahlkampf und im Wahlkampf musste man von sich selbst überzeugt sein. Wie sonst sollte es einer Partei gelingen, andere zu überzeugen?

Mia blickte zu ihrem Telefon. Es gab jemanden, der sie verstehen würde. Der es verstand, die Beweggründe jeder Seite zu analysieren, und dabei niemanden allzu ernst nahm.

In den letzten Wochen hatte Mia versucht, so selten wie möglich an Christian zu denken. Doch jetzt wünschte sie sich, dass sie in ihrem Zuhause auf der Couch sitzen würden, er sie in seinen Armen halten würde und sie gemeinsam bei einem Glas Wein über alles reden könnten.

Doch ihn anrufen, das würde sie nicht. Er hatte sie verlassen. Er hatte sich an eine Partei verkauft, die jeden anständigen Menschen anwidern musste. Er hatte ...

Mia richtete sich auf. Sie würde nicht in ihrem Bett liegen und sich nach ihrem Mann verzehren. Also ging sie nach unten.

»Mutter, weißt du, wann Vater heimkommt?«

Anna schüttelte den Kopf. »Ich glaube, er ist heute länger weg.«

»Oh ... Schade, ich hätte ihn gerne gesprochen.«

Ihre Mutter zögerte. Sie war eben dabei, das Geschirr abzutrocknen, doch plötzlich legte sie das Geschirrtuch zur Seite und wandte sich um. »Du kannst auch mit mir sprechen, Mia.«

»Nein ... Danke, es ist schon gut.«

»Geht es um Christian?«

Mia zögerte. »Es geht immer um Christian, aber heute nicht nur. Ich ... Ich frage mich nur manchmal, ob ich recht habe. Ob wir recht haben. Hast du das von der Vergewaltigung in Bochum gehört?«

Anna nickte. »Natürlich habe ich das. Eine schreckliche Sache.«

»Geben dir solche Fälle nicht manchmal zu denken? Haben die Rechten nicht vielleicht doch recht. Dass das alles keine Einzelfälle sind und wir die Augen verschließen?«

Ihre Mutter dachte lange und sorgfältig nach. Anders als Mias Vater hatte sie nicht immer sofort eine perfekte Antwort parat.

»Ich glaube nicht, dass es Einzelfälle sind«, sagte sie schließlich. »Junge Männer begehen mehr Straftaten als Frauen oder ältere Männer. Und weil die meisten Asylbewerber junge Männer sind, begehen sie auch mehr Straftaten als andere.«

Mia nickte. Was ihre Mutter sagte, entsprach der Wahrheit. Dennoch blieb der Hintergedanke, dass die Grünen und Robert Habeck vielleicht doch nicht so genau hinsahen, wenn es um Sexismus und Frauenfeindlichkeit bei Zuwanderern ging.

Genau das nutzte die AfD-Kampagne aus. In den nächsten Tagen tauchten in den sozialen Netzwerken überall Bilder von Robert Habeck auf. Ihm wurde vorgeworfen, ein Sexist und Frauenfeind zu sein. Jemand, der Deutschland durch seine Zuwanderungspolitik zurück ins Mittelalter führen würde. Die Vorwürfe waren oft haltlos und ungerechtfertigt, doch die AfD schaffte es durch sie, Robert Habeck zu beschädigen. Bei jedem Auftritt und bei jeder Demonstration mussten er und die Grünen sich zu Fragen äußern, wie sie denn die Frauenfeindlichkeit im Islam einschätzen würden und welche Maßnahmen sie ergreifen würden, um Frauen zu schützen.

Im Laufe des Junis gingen die Umfragewerte der Grünen etwas zurück, während mit jedem bosnischen Flüchtling, der die Landesgrenze nach Deutschland überquerte, die Zustimmungswerte zu Helene König nach oben gingen.

Anfang Juli sah Robert Habeck sich schließlich gezwungen, eine Krisensitzung seines Teams einzuberufen. Sie trafen sich in Habecks Dienstwohnung in Berlin. Dort hatte er einen großen runden Tisch für solche Besprechungen eingeführt. Es gab Kaffee und Croissants, womit die Stimmung eigentlich entspannt und gemütlich hätte sein können.

»Wir müssen ein Statement herausgeben, das auf die Vorwürfe eingeht!«, erklärte Wilhelm Hofer, ein grüner Parteistratege aus Baden-Württemberg. Mia hatte Hofer nie gemocht. Er kalkulierte ihr zu viel und tat zu wenig aus Idealismus heraus. »Die Wähler in der Mitte halten die Grünen für eine weltfremde Spinnerpartei. Wir müssen zeigen, dass wir auch eine harte Linie verfolgen können.«

Viele zogen die Augenbrauen hoch. »Was schlagen Sie vor?«, fragte Habeck.

»Dass wir erklären, dass Zuwanderer sich anpassen, unsere Werte achten und sich an das Grundgesetz halten müssen.«

Habeck machte eine wegwerfende Handbewegung. »All diese Dinge sind Selbstverständlichkeiten, die wir als Grüne ohnehin fordern. Jeder fordert sie.«

»Genau deswegen kostet es uns nichts, wenn wir diese Forderung noch einmal bekräftigen.«

Habeck griff sich an das Kinn. »Nun, solange wir nicht von unseren eigentlichen Positionen abweichen ...«

»Nein!«

Alle wandten sich um. Daniel hatte die Stimme erhoben. In der Regel war Daniel schüchtern und hielt sich in Besprechungen zurück. Doch jetzt hatte er einen entschlossenen Ausdruck aufgesetzt. Er sah in die Runde. »Wir sind die Bastion der Menschlichkeit und Offenheit«, sagte er. »Es geht in dieser Wahl darum, welche Werte sich in Deutschland durchsetzen. Wenn wir die Sprache der Rechten übernehmen, gewinnen wir nicht einen AfD-Wähler, aber verunsichern unsere eigenen Unterstützer.«

Hofer räusperte sich. »Guter Mann. Sie scheinen nicht zu verstehen. Es geht doch nur um eine Wiederholung der eigenen Position ...«

»Es geht darum, dass Sie Rassisten besänftigen wollen!« Daniel wandte sich direkt an Robert Habeck. »Seit Jahren versuchen die Parteien der Mitte, die Rechten zu befriedigen. Es hat nie funktioniert. Niemals. Warum sollte es jetzt klappen?«

Habeck zögerte. »Ich kann das nicht allein entscheiden. Was denkt ihr?« Er sah in die Runde. Baerbock schlug sich sofort auf die Seite Daniels. »Wir müssen eine starke Position behalten«, erklärte sie. »Wenn wir auch nur in der Sprache nachgeben, stärkt das nur die Rechten.«

Habeck nickte. Auch viele der anderen sprachen sich gegen Hofers Vorschlag aus. Auch Mia.

Hofer sah ziemlich verärgert aus. »Gut. Und was sollen wir stattdessen tun?«, fragte er.

»Wir müssen unsere eigenen Themen ins Zentrum der Debatte stellen.«

Hofer leckte sich über die Lippen. „Und *wie genau* sollen wir das tun?“

Da grinste Daniel plötzlich. „Das Wetter wird das für uns erledigen.“ Er deutete aus dem Fenster und lächelte.

»Haben Sie nicht bemerkt, wie heiß es ist?«

Christian

(Berlin, August 2021)

Es war die größte Demonstration, die Christian jemals gesehen hatte.

Praktisch ganz Berlin schien sich im Zentrum der Stadt versammelt zu haben, und es wirkte so, als wäre auch halb Deutschland in die Hauptstadt gekommen. Es waren so viele Menschen, dass niemand mehr sagen konnte, wo die Demonstration begann und wo sie aufhörte. Die ganze Stadt war in tausende kleine Veranstaltungen geteilt. Dort mobilisierte die Antifa gegen rechts, dort hielten Politiker Ansprachen, dort versammelten sich wütende Mieter und forderten die Verstaatlichung von Häusern, dort hielt die LGBTQ-Community ein feuchtfröhliches Straßenfest ab und überall, überall sah man demonstrierende Schüler mit Schildern gegen den Klimawandel.

Eine Gruppe Studenten mit Antifa-Fahne kam Christian entgegen. Er drehte sich zur Seite und gab vor, in ein Schaufenster zu schauen. Sein Gesicht war mittlerweile auch bei den Linken bekannt, und er hatte wenig Lust, von einer Gruppe Autonomer erkannt und verfolgt zu werden.

Ich sollte überhaupt nicht hier sein. Die Straßen sind nicht sicher für AfD-Vertreter.

Seltsam. Noch vor einem Jahr hätte Christian ebenfalls an den Demos teilgenommen. Er und Mia hätten sich ein Bier geholt, sich mit ein paar Bekannten unterhalten und dann von einer ruhigen Stelle aus das Chaos und Treiben beobachtet. Vielleicht von einem kleinen Boot aus. Damals hätte er sich hier wohlgefühlt. Jetzt dagegen hatte er das Gefühl, von Feinden umzingelt zu sein.

Als die Antifa-Gruppe vorbeigezogen war, machte er sich auf den Weg zum Herzen der Demonstration. Je näher er dem Brandenburger Tor kam, desto dichter wurde das Gedränge. Bald schon kam er nur noch weiter, indem er andere recht rücksichtslos zur Seite schob. Christian hatte Mühe, Luft zu holen, aber immerhin würde ihn in diesem Chaos niemand erkennen.

Irgendwann kam er auch durch Drängen nicht mehr weiter. Die Menschen standen so dicht aneinander, dass Christian kaum noch Luft bekam. Er stieß gegen eine Gruppe Punks, die ihn recht wütend anstarrte. Mit einer raschen Entschuldigung verschwand Christian in der Menge.

Das war eine Schwachsinnsidee.

Aufgrund der Hitze waren die meisten Leute nur leicht bekleidet. Die Männer öffneten ihre Hemden oder liefen gleich mit freiem Oberkörper umher. Auch viele Frauen trugen nicht mehr als ein möglichst knappes Top und einen Minirock, manche liefen gar im Bikini herum.

Christian wischte sich den Schweiß von der Stirn. Seine Mission war erfüllt. Er hatte sich einen Eindruck von der Demonstration verschaffen wollen. Das hatte er getan.

Dennoch ging er weiter. Die Stimmung der Demonstranten wurde immer ausgelassener. Überall wurde Bier und Radler ausgeschenkt und fleißig getrunken. Zumindest bei den Demonstranten über 18.

Plötzlich ging ein Raunen durch die Menge. Rufe und Parole hallten umher und tausende Köpfe wandten sich nach vorne. Die Demonstranten hielten ihre Schilder in die Höhe und jubelten. Christian konnte nicht sehen, was vor sich ging, doch er fand ein freies Podest, schob sich an einer betrunkenen Demonstrantin vorbei und stellte sich darauf.

Da ist sie.

Greta Thunberg war auf das Podium vor dem Brandenburger Tor getreten.

Greta Thunberg. Wer hätte gedacht, dass ausgerechnet ein achtzehnjähriges Mädchen die größte Bedrohung für Helene König und den Aufstieg der AfD darstellen würde?

Den ganzen Sommer über hatten Grüne und AfD sich einen erbitterten Wahlkampf geliefert. Normalerweise hielten sich Politiker im Laufe des Sommers weitgehend zurück. Doch von Zurückhaltung konnte in diesen Monaten keine Rede sein. Während die ehemaligen Großparteien einen eher verschlafenen Wahlkampf führten und die Regierungspartei CDU immer weiter in die Krise stürzte, gaben Grüne und AfD alles. Und zu Beginn schien die AfD klar im Vorteil zu sein.

»Diese Wahl ist eine Schicksalswahl!«, verkündete Helene König bei jedem Auftritt. »Ich will die Menschen entscheiden lassen, ob und welche Zuwanderung sie wollen. Die Grünen wollen die Grenzen für alle aufmachen. Die Folgen sind ihnen egal sein, denn ihre Kinder gehen auf Privatschulen und sie leben in den reichen Vierteln!«

Ihre Kampagne erhielt immer mehr Zuspruch. Während die Grünen bei 25 % stagnierten, näherte die AfD sich den 30 % an. Anfang August war sich Christian sicher gewesen, dass sie diese Wahl gewinnen würden. Schon jetzt rückte die Union nach rechts und in der CDU mehrten sich die Stimmen rund um Merz und Spahn, die davon sprachen, dass man die Entscheidung des Volkes annehmen müsse und nicht die Grünen zum Kanzler machen könne, wenn die AfD stärkste Partei werden würde. Annegret Kramp-Karrenbauers Wahlkampf wirkte in diesen Wochen genauso müde und hohl, wie alle SPD-Wahlkämpfe seit Gerd Schröders Abgang gewirkt hatten.

Alles hatte auf einen überwältigenden Sieg der AfD hingedeutet.

Doch plötzlich meldete sich ein Spieler zu Wort, mit dessen Eingreifen Christian nicht gerechnet hatte. Bis zum Sommer hatte die politische Großwetterlage der AfD genützt. Die Flüchtlingskrise in Bosnien, die brutale Gruppenvergewaltigung von Bochum, die Schuldenkrise in Italien. All das hatte der AfD in die Karten gespielt.

Doch dann änderte sich die Wetterlage. Im wahrsten Sinne des Wortes.

Es war heiß. Es war schon den gesamten Sommer heiß gewesen. Im Juli gab eine kurze Abkühlung, doch jetzt im August ging es wieder los. *Hitzerekord gefallen!* titelten die Zeitungen und überschlugen sich in Berechnungen zum Klimawandel.

Was anfangs wie unschuldige Kommentare zum Wetter erschien, entpuppte sich bald als Bedrohung für die AfD-Wahlkampagne. Nicht lange, und es ging überall nur noch um den Klimawandel. Hitzerekorde weltweit, Prognosen von Wissenschaftlern und natürlich die Lösungsvorschläge der diversen Parteien.

Plötzlich hatten die grünen Themen Konjunktur. Robert Habeck stand als der Retter des Klimas in den Medien und Helene König musste immer mehr Fragen zu einem Thema beantworten, zu dem sie keine zufriedenstellende Antwort geben konnte.

Als Christian schon gedacht hatte, es könnte nicht noch schlimmer werden, griff schließlich auch noch Greta Thunberg in den Wahlkampf ein. Fridays For Future hatte sich bislang weltweit aus Wahlen vollkommen herausgehalten und niemals offen für einen Politiker Partei ergriffen. Jetzt tat die Bewegung jedoch genau das.

Fridays For Future erklärte die Wahl in Deutschland zu einer Schicksals- und Richtungswahl für den gesamten Planeten. Die Frage sei, ob sich Klimawandelgegner oder Klimawandelleugner durchsetzen würden.

Das war genau das Gegenteil der Erzählung, die Christian verbreiten wollte. Er wollte die Wahl zu einer Richtungswahl zwischen den Befürwortern offener Grenzen und Zuwanderungsskeptikern machen.

Christian wandte seine Aufmerksamkeit wieder der Demonstration zu. Greta Thunbergs Gesicht wurde auf riesigen Leinwänden widergespiegelt. Robert Habeck dagegen war nirgendwo zu sehen. Leider. Christian hatte gehofft, dass er hier auftreten würde und die AfD ihm politischen Missbrauch der Jugend vorwerfen könnte. Doch die Grünen waren klug und hielten sich aus Gretas Großdemonstration völlig heraus.

Niemand hatte gewusst, ob Fridays For Future auch in den Sommerferien mobilisieren könnte. Immerhin hatten die Schüler im Sommer anderes im Sinn und den Demos war seit Jahren immer wieder vorgeworfen worden, nur deswegen zu funktionieren, weil sie den Kindern die Möglichkeit gaben, die Schule zu schwänzen.

Doch die Rekordhitze mobilisierte die Schüler und Studenten umso mehr. Aus dem ganzen Land und sogar aus den Nachbarländern reisten die Demonstranten nach Berlin. Die Großdemonstration war jedoch nicht nur eine Klimademo. *Wir sind mehr* und zahlreiche andere Bewegungen schlossen sich Fridays For Future an, um gegen Helene König zu demonstrieren. Das Resultat war furchteinflößend.

Die Medien schreiben von einer Million Demonstranten. Unabhängig davon, ob diese Zahl wirklich erreicht wird, wird es die Zahl sein, die die Menschen für die kommenden Wochen im Kopf haben.

Greta Thunberg begann zu sprechen. Wie es ihre Art war, verschwendete sie keine Zeit mit blumigen Worten, sondern erklärte, dass jetzt und hier in Deutschland eine Entscheidung über die Zukunft des Planeten getroffen würde. Dass die ganze Welt auf Berlin schaue und dass sie heute hier seien, um der Welt eine Antwort zu geben.

Mit düsteren Vorahnungen wandte Christian sich ab und bahnte sich seinen Weg zurück durch die jubelnde Menge. Er hatte genug gesehen.

Es dauerte zwei Stunden, ehe Christian es endlich zurück zu seinem Büro geschafft hatte. Er hatte seinen Mitarbeitern an diesem Freitag freigegeben. Angesichts der Großdemonstration in den Straßen hätte jeder Versuch, drinnen an einer Wahlkampagne zu arbeiten, lächerlich gewirkt.

Er betrat sein Büro und ging sofort zur kleinen Minibar in der Ecke, wo er sich ein Glas Gin Tonic einschenkte. Er trank in diesem Wahlkampf mehr als üblich.

»Ich denke, ich könnte auch ein Glas vertragen.«

Christian sah erstaunt auf. »Was machen Sie hier?«

Helene König lächelte. Sie saß auf der Couch in der Ecke. Christian hatte sie beim Hereinkommen nicht gesehen. »Michael hat mir einen Schlüssel gegeben.« Sie stand auf und setzte sich ihm gegenüber. »Ich wollte in Berlin sein«, sagte sie. »Es fühlte sich falsch an, mich irgendwo auf dem Land zu verstecken, während in der Hauptstadt unsere Gegner aufmarschieren.«

Christian verstand. Ihm war es genauso gegangen. »Ich komme gerade von der Demo.«

»Und?«

Er seufzte. »Es sieht nicht gut aus. Das hier ist eine riesige Darstellung von Macht. Jede Demonstration, die wir jetzt noch abhalten würden, würde im Vergleich jämmerlich und klein wirken.«

König schenkte sich selbst ein Glas Gin ein und nahm einen genussvollen Zug. »Demonstrationen entscheiden keine Wahlen«, sagte sie dann und stellte das Glas ein wenig zu laut ab. »Das hier sind auch nur eine Million Wähler. Viele von ihnen dürfen ja noch nicht einmal wählen. An der Urne zählen alle Stimmen gleich.«

Christian nickte. »Ja. Aber Demonstrationen wie diese können andere Wähler beeinflussen. Viele Menschen interessieren sich kaum für Politik. Sie wählen eine Partei und hoffen am Wahlabend, dass ihre Partei gewinnt. Dann fühlen sie sich wie Gewinner. Umgekehrt fühlen sie sich wie Verlierer, wenn ihre Partei verliert.« Er nahm selbst einen Schluck. Der süß-bittere Geschmack klärte seine Gedanken. »Wenn die unentschlossenen Wähler hören, dass eine Million Menschen gegen Helene König und für einen grünen Kanzler demonstrieren, könnte sie das überzeugen, Helene König doch nicht zu wählen oder ihre Stimme Robert Habeck und nicht der CDU zu geben. Diese Klimakrise bringt uns in Bedrängnis.«

Er sah sie beschwörend an. »Die AfD-Klimaposition ist unglaublich unpopulär. Wenn wir weiter so tun, als gäbe es keinen Klimawandel, dann werden wir diese Wahl verlieren.«

König lehnte sich zurück und dachte nach. Christian nutzte diese Gelegenheit. Er wusste nicht, ob es der Alkohol war oder die allgemeine Anspannung oder aber die Tatsache, dass er Mia so sehr vermisste. Doch plötzlich ergriff er ihre Hand. »Helene«, drängte er. »Du musst deine Position zum Klimawandel ändern.«

Helene König hatte den Klimawandel bislang ignoriert. Darauf angesprochen, was sie denn vom Klimawandel halte, sagte sie, was alle AfD-Politiker sagten: dass es keine Beweise dafür gebe, dass die Erderwärmung menschengemacht sei und darum alle Maßnahmen zur Reduktion von CO_2 sinnlos seien. Das kam bei der AfD-Basis gut an, löste jedoch massive Ablehnung im Rest der Bevölkerung aus und hatte ihnen jetzt sogar die Feindschaft Greta Thunbergs eingebracht.

»Glaubst du wirklich nicht an den Klimawandel?«, fragte Christian offen.

Sie winkte ab. »Natürlich tue ich das. Auch wenn ich mich frage, welche Rolle das Klima in zweihundert Jahren spielt, wenn unser Volk in dreißig bis fünfzig Jahren ausstirbt.«

»Aber warum kannst du dich dann nicht öffentlich zum Klimawandel bekennen und ein paar Pro-forma-Maßnahmen gegen ihn unterstützen?« Bislang hatte sich König kaum zum Thema geäußert. Sie konnte noch eine Kehrtwende vollziehen, ohne sich lächerlich zu machen und als Heuchlerin zu gelten.

»Du musst ja nicht zur totalen Klimaschützerin werden«, drängte Christian. »Aber ein leichtes Nachgeben in diesem Feld würde vielen einen Grund nehmen, wegen dem sie doch nicht AfD wählen.«

Sie schien dem Vorschlag eine echte Chance zu geben, doch dann schüttelte sie den Kopf. »Nein.«

»Nein?!«

»Nein.«

Christian fiel aus allen Wolken. »Aber warum denn nicht?«

Sie zuckte mit den Schultern. »Aus demselben Grund, weswegen alle in der AfD-Spitze immer eine Antiklimaposition bezogen haben. Wenn ich etwas anderes täte, würde mich die Basis lynchen. Wenn ich plötzlich meine Position ändere, heißt es, ich sei von Soros gekauft worden oder so etwas. Das könnte die AfD zerreißen. Und selbst wenn, wo sollte ich so eine Änderung massenwirksam bekannt geben? Wenn ich jetzt eine entsprechende Erklärung verfasse, werden die Medien sich das Maul zerreißen.«

Darüber hatte Christian auch schon nachgedacht. »Das TV-Duell findet in zwei Wochen statt. Habeck wird unsere Klimapolitik definitiv angreifen.«

Das TV-Duell würde diesen Wahlkampf entscheiden. ARD und ZDF hatten sich endlich bereit erklärt, ein Kanzlerduell zwischen Robert Habeck und Helene König zu veranstalten. Zum Ärgernis der Union.

Christian fuhr sich durch die Haare. »Wir müssen uns irgendeinen Konter überlegen.«

»Und welchen?«

Er sah aus dem Fenster. »Ich glaube, ich habe eine Idee.«

Mia

(Berlin, September 2021)

Die Grünen-AnhängerInnen standen mit Plakaten und Schildern vor dem ARD-Hauptstadtstudio. Es waren nur um die hundert. Mia und Daniel hatten sich gegen eine zu große Versammlung ausgesprochen. Ihre Anhänger sollten fröhlich und nett wirken.

Robert Habeck und sein Team kamen zu Fuß zum Studio. Ein bewusster Gegensatz zu Helene König, die zweifellos in einem schwarzen Mercedes vorfahren würde.

Ob die Arbeiter durch solche Dinge sehen, wer wirklich auf ihrer Seite steht?

Vermutlich nicht. *Ihre Unterstützer wählen rechte Politiker, weil sie keine Einwanderer haben wollen. Alle anderen Dinge spielen für sie keine wirkliche Rolle. Damit müssen wir uns abfinden.*

Dennoch war der Gang zu Fuß ein geschicktes Manöver. Ihre Anhänger hießen sie pfeifend und klatschend willkommen. Habeck winkte in die Menge, dann gingen sie mit großen Schritten durch die weite Eingangstür.

Eine rothaarige Mitarbeiterin der ARD erwartete sie bereits. Sie trug einen schwarzen Blazer und schwarze Schuhe. »Herr Habeck«, sagte sie lächelnd.

»Ist Frau König bereits hier?«

»Ihr Team sollte jeden Augenblick eintreffen. Sie können sich dort drüben hinter dem Studio vorbereiten. Wir starten in zwanzig Minuten. Die Regeln sind eindeutig. Sie dürfen einen Stift und einen Notizblock mitnehmen.

Sonst nichts.« Sie lächelte. »Das gilt auch für Frau König. Sie müssen also nicht mit irgendwelchen Schildern oder Tafelüberraschungen rechnen.«

Sie zwinkerte und deutete nach vorne. »Gehen Sie einfach den Gang entlang.« Sie pausierte und schien zu überlegen. »Viel Glück«, sagte sie dann mit einem verschmitzten Lächeln und verschwand eilig.

»Seht ihr«, sagte Daniel, kaum dass sie außer Reichweite war. »Die Menschen sind auf unserer Seite.«

»Das würde ich gerne glauben«, antwortete Mia. »Aber die Medienvertreter sind nicht *die* Menschen und Berlin ist nicht Deutschland. Wir leben alle in unseren Blasen und wissen nicht notwendigerweise, wie es anderswo aussieht.«

Mias mahnende Worte kamen nicht gut an. Habeck und sein Team wollten vor allem Optimismus verbreiten. Doch Mia fühlte sich nicht optimistisch. Je stärker Helene König wurde, desto unbehaglicher fühlte sie sich.

Sie nahmen in einer Lobby Platz, in der Habeck noch einmal seine Argumente und Gegenargumente durchging. Sie hatten ihm drei Tage lang die schwierigsten und unangenehmsten Fragen gestellt, um ihn auf jedes erdenkliche Szenario vorzubereiten. Die Lobby bestand aus einem gemütlichen Sitzbereich und einer Minibar, in der sich gekühlte Erfrischungen befanden. Mia setzte sich in einen breiten Lehnstuhl und schenkte sich in ein Glas Wasser ein.

Als sie aufblickte, sah sie Christian.

Natürlich. Natürlich ist er auch hier.

Christian hatte sie im selben Augenblick erkannt wie sie ihn. Er stand einige Meter von ihr entfernt und musterte sie mit einem Ausdruck, den sie nicht deuten konnte. So sahen sie einander eine Weile lang an, bis Helene König und ihr Team hinter ihm hervortraten.

Anspannung machte sich breit, als die Grünen und die AfDler einander musterten. In der Regel konnten sich selbst die vor der Kamera erbittertsten Kontrahenten Backstage relativ gut unterhalten.

Doch davon konnte bei diesem Kanzlerduell keine Rede sein. Die beiden Teams tauschten finstere Blicke. Mia war es gleichgültig. Sie konzentrierte sich ganz auf Christian. Er sah älter aus als noch vor einigen Monaten. Er hatte Schatten unter den Augen und sein Dreitagebart hatte sich in einen wilden Filzbart verwandelt. Er schien auch an Gewicht verloren zu haben.

Dennoch sah er unbestreitbar gut aus. Männlich und selbstbewusst wie eh und je.

Mia warf einen Blick auf Helene König, die wie immer umwerfend aussah und Robert Habeck und sein Team emotionslos musterte. Einmal mehr überkam Mia ein Anflug von Eifersucht.

Doch ehe jemand etwas sagen konnte, tauchte die rothaarige Frau wieder auf und unterbrach das angespannte Schweigen. »Frau König? Herr Habeck?«, fragte sie. »Wir legen gleich los und ich möchte Sie bitten, mit ins Studio zu kommen. Ihre Mitarbeiter und Unterstützer können die Sendung hier verfolgen.« Sie deutete auf einen riesigen Fernsehbildschirm, der das TV-Studio zeigte. »Machen Sie es sich gemütlich.«

Habeck verabschiedete sich bei Mia und Daniel. Mia sah aus dem Augenwinkel, wie Christian Helene König viel Glück wünschte. Dann verschwanden die beiden Spitzenkandidaten zusammen mit der rothaarigen Frau.

Mit ihrem Verschwinden löste sich der Bann. Christian ging breit grinsend und selbstbewusst, wie es seine Art war, auf das grüne Team zu, packte Daniels Hand und schüttelte sie kräftig.

»Nett, euch alle mal in Realität zu sehen«, sagte er freundlich und setzte sich in den Sessel neben Mia. »Herbert? Kannst du mir eine Flasche Tonic Water bringen?«

Einer der AfDler, der eben an die Minibar getreten war, verzog die Stirn. Mit hochrotem Gesicht reichte er Christian sein Getränk. »Ich bin nicht dein Diener!«, ärgerte er sich.

»Trotzdem danke«, sagte Christian lächelnd.

»Das Grinsen wird Ihnen noch vergehen!«, stieß Daniel plötzlich hervor. Er saß links von Mia und starrte Christian, der zu ihrer Rechten saß, wütend an. »Heute wird das ganze Land sehen, wer und wie Helene König wirklich ist!«

Christian zog die Brauen hoch. Mia kannte ihren Mann. So leicht ließ er sich nicht aus der Ruhe bringen. Im Gegenteil: Christian genoss es, sein Gegenüber dazu zu bringen, die Beherrschung zu verlieren.

»Nun, ich hoffe, dass beide Seiten ihre Argumente in Ruhe darlegen können, damit die Wählerinnen und Wähler eine ausgewogene Entscheidung treffen können«, sagte er gelassen.

Daniel öffnete den Mund und schloss ihn wieder. Er schien irritiert. »Die AfD hat keine Argumente!«, fauchte er schließlich.

»Das sagen Sie.« Christian nahm einen Schluck von seinem Tonic Water. »Aber so ein Vorwurf hat in einem demokratischen Diskurs nichts zu suchen. Wir haben unsere Meinung, Sie haben Ihre.«

Mia begriff, dass Christian Daniel absichtlich provozierte. Sie legte ihrem Freund beruhigend die Hand auf die Schulter, doch Daniel wischte sie ab.

»Faschismus ist keine Meinung«, sagte er eine Spur zu laut. »Sondern ein Verbrechen!«

»Da stimme ich Ihnen zu. Aber Sie sind derjenige, der sich die Argumente der Gegenseite nicht anhören will, dessen Leute Wahlplakate zerstören und die Infostände der anderen Seite angreifen. Wer ist der Faschist, frage ich mich?«

Daniels Gesicht lief rot an. Doch noch ehe er mehr sagen konnte, schnitt Christian ihm das Wort ab.

»Ich würde diese Debatte liebend gerne weiterführen, aber noch lieber würde ich mich einen Augenblick lang mit meiner Frau unterhalten. Mia?«

Mia sah auf. Bislang hatte Christian sie kaum beachtet. Sie hatte eigentlich gedacht, dass sie so tun würden, als wären sie nicht mehr als flüchtige Bekannte. *Wenn überhaupt.*

Sie reckte den Hals. »Das Duell beginnt jeden Augenblick. Sicher willst du es nicht verpassen?«

Er leckte sich über die Lippen. »Habeck wird seine Wähler mobilisieren, Helene König ihre und am Ende werden beide einen Sieg verkünden. Ob wir zuhören oder nicht, wird am Ergebnis nichts ändern.«

Seine Stimme war so arrogant und überheblich, dass sie ihm am liebsten das Glas Wasser ins Gesicht geschüttet hätte. Doch in seinen Augen spiegelten sich auch noch andere Dinge. Verletzlichkeit und eine Sehnsucht, die Mia nur zu gut kannte.

»Also gut«, sagte sie und stand auf.

Daniel sah ihr empört nach, während Christian sie aus dem Raum führte.

»Wo willst du hin?«

Er zuckte die Schultern. »Keine Ahnung.« Plötzlich grinste er, so wie er auf einer Reise gegrinst hätte. »Lass uns sehen, was wir finden.«

Er packte sie an der Hand und führte sie eine Treppe hinauf. Die Gänge des Hauptstadtstudios waren abgedunkelt und leer. Immer wieder riskierte Christian einen Blick in einige der Zimmer. Überall saßen Mitarbeiter und starrten konzentriert auf ihre Bildschirme. Niemand kümmerte sich um sie.

»Christian, das ist doch lächerlich. Wir sind keine Teenager mehr«, sagte Mia irgendwann.

Doch er zog sie einfach weiter. »Warte. Ich glaube ...«

Plötzlich stieß er einen Vorhang auf. Sie befanden sich auf einem Balkon, von dem aus sie das gesamte TV-Studio sehen konnten. Auch die Gäste auf den Sitzen, sowohl Anhänger der AfD als auch Anhänger der Grünen.

»Von hier aus haben wir den perfekten Blick!«

»Die können uns doch sehen!«

Christian schüttelte den Kopf. »Nein, alles abgedunkelt. Solche Balkons haben Produzenten früher verwendet, um ihre Shows direkt und live zu verfolgen. Niemand wird uns sehen oder hören.«

Er hatte recht. Niemand kümmerte sich um sie. Mia musterte ihren Mann und wollte etwas sagen, als unten auch schon die Sendung begann. Zwei Moderatoren begrüßten ihre Gäste und die beiden Kanzlerkandidaten. Eine Reporterin der ARD und ein Reporter des ZDF.

»Sie wird die Wahl gewinnen«, sagte Christian plötzlich. Seine Augen glühten.

Mia schluckte. Sie hatte für einen Augenblick, nur für einen kurzen Augenblick, vergessen, dass sie und Christian sich in feindlichen Lagern befanden. Während Mia sein Gesicht musterte, ging unten das TV-Duell los.

»Sehr geehrte Gäste, liebe Zuseher zu Hause vor den Bildschirmen. Wir freuen uns sehr, Ihnen das lange erwartete Kanzlerduell zwischen Helene König und Robert Habeck zu präsentieren.«

Eine kurze Pause gefüllt mit obligatorischem Klatschen folgte.

Sie sahen einander immer noch in die Augen.

»Du fehlst mir«, sagte Christian schließlich.

»Du mir auch«, flüsterte sie. Es war die Wahrheit. Christian war der wichtigste Mensch in ihrem Leben. Ohne ihn ...

»Du hättest nicht einfach so ausziehen sollen«, sagte er. »Wir hätten darüber reden sollen.«

Mia schwieg.

»Aber ich bin froh, dass du es getan hast.«

»Froh?« Ihr Körper versteifte sich. »Das tut gut zu hören«, sagte sie. »Ich glaube, wir sind hier fertig.« Sie wollte den Balkon verlassen, aber er hielt sie zurück.

»Ich bin froh, weil ich mich sonst immer gefragt hätte, ob ich nicht irgendetwas verpasst habe. Ich musste diese Kampagne machen. Ich musste wissen, ob ich es kann.« Seine Augen glänzten. »Es war hart. Aber ich habe die Aufgabe bewältigt, und wenn wir gewinnen ...«

Mia überkam eine Gänsehaut. »Was passiert, wenn ihr gewinnt?«

Sie konnte in seinem Gesicht lesen, dass er dieses Thema nicht hatte ansprechen wollen. *Ob er sich eine Strategie für dieses Gespräch zurechtgelegt hat? Versucht er, mich zu manipulieren, so wie er jeden manipuliert?* Natürlich versuchte er das. Aber wenn ja, mit welcher Absicht dahinter?

Unten im Studio stellten die Moderatoren die Gäste vor. Dann begannen sie sofort mit dem ersten großen Thema: Zuwanderung.

»Herr Habeck«, sagte die ZDF-Moderatorin. »Die Grünen haben sich in den letzten Jahren stets für offene Grenzen ausgesprochen. Sie waren gegen Grenzzäune, gegen Mauern und haben die Seenotrettung im Mittelmeer immer unterstützt. Angenommen, Sie würden tatsächlich Kanzler werden und es käme zu einer Situation wie im Jahr 2015. Wie würden Sie reagieren?«

Habeck tat so, als brauchte er einen Augenblick, um über seine Worte nachzudenken. In Wahrheit hatten sie seine Position tausendmal durchgesprochen.

»Was passiert, wenn ihr gewinnt?«, fragte Mia erneut.

Christian fuhr sich mit der Zunge über die Lippen. »Dann hat König mir eine Rolle in der Regierung angeboten«, sagte Christian, wobei er Habecks Antwort sehr genau verfolgte. Mia schenkte dem Gespräch weniger Aufmerksamkeit, denn sie kannte Habecks Erwiderung längst. Er würde sich dafür einsetzen, dass alles seine Ordnung habe, jeder registriert und ordentlich zugewiesen werde und er würde Druck auf die von rechten Parteien regierten Ländern Osteuropas ausüben, die zwar deutsches Geld nahmen, aber sich weigerten, Deutschland bei der Flüchtlingsfrage zu unterstützen. Doch bei all dem werde immer die Menschlichkeit im Mittelpunkt stehen. Es war eine gute, ausgewogene Antwort. Auch wenn Mia wusste, dass sie nicht jeden zufriedenstellte.

»Eine Rolle in der Regierung?« Mia biss sich auf die Zunge. Sie hatte immer gehofft, dass die ganze Sache am Wahlsonntag enden würde. Sobald die Wahl zu Ende ging, wäre zumindest Mias Rolle beendet. Sie würde wieder als Lehrerin arbeiten und versuchen, ihr Leben in

Ordnung zu bringen. *Und eigentlich auch meine Ehe. Zumindest habe ich das geglaubt.*

»Frau König. Sie sprechen sich entschieden gegen Zuwanderung aus und sagen, dass 2015 sich niemals wiederholen darf. Was finden sie so schlimm daran, Kriegsflüchtlingen zu helfen?«

Unten richtete Helene König sich auf. »Kriegsflüchtlingen muss immer geholfen werden«, erklärte sie entschieden. »Aber in ihrer Region und dort, wo es Sinn ergibt. Deutsches Spendengeld soll und wird Menschen in Not immer unterstützen. Aber chaotische Zustände wie 2015 dürfen sich in Europa in der Tat nicht wiederholen. Und das sehe nicht nur ich so, sondern die gesamte Union, die zugibt, damals einen Fehler gemacht zu haben.«

Die Antwort fiel erwartbar aus. Es war das typische AfD-Argument. Doch Helene König trug es mit einem ehrlichen Lächeln vor, sodass man ihr beinahe abkaufte, dass sie nur das Beste für alle im Sinn hatte.

Plötzlich griff Christian nach Mias Hand. Seine Berührung elektrisierte sie. In den letzten Monaten hatte sie Sehnsucht, Wut und Schmerz gespürt, wann immer sie an ihn gedacht hatte. Die Wut war mittlerweile verflogen, doch die Sehnsucht und der Schmerz waren geblieben.

»Mia, wenn ich die Chance habe, Minister zu werden ...«

»Dann ist unsere Ehe zu Ende«, sagte Mia.

Sie und Christian hatten einander niemals etwas vorgemacht. Wenn er entschied, in einer AfD-Regierung mitzuarbeiten, würden er und Mia nicht verheiratet bleiben. Selbst wenn sie es versuchten, es würde scheitern.

Er stieß heftig Luft aus. »Vielleicht kommt es ja gar nicht dazu«, sagte er. »Warten wir erst einmal das Wahlergebnis ab.«

Im TV-Studio wurde die Luft unterdessen angespannter. König und Habeck gerieten sich beim Thema Zuwanderung heftig in die Haare. Es dauerte nicht lange und sie warfen einander wechselseitig vor, naiv beziehungsweise rassistisch zu sein. Mia lauschte dem Schlagabtausch und versuchte gleichzeitig, ihre Gedanken zu ordnen. Bislang schlugen König und Habeck sich recht gleichmäßig. Dann jedoch gelang es der AfD-Politikerin, Habeck in die Defensive zu bringen.

»Sie nennen sich immer Demokrat. Aber warum sprechen Sie sich dann gegen die von mir geforderte Volksabstimmung zur Zuwanderung aus?«, fragte König. »Finden Sie nicht, dass die Menschen in diesem Land selbst bestimmen sollten, in welcher Gesellschaft sie leben wollen?«

Mia sah zu Christian. Dieses Argument klang nach ihm.

Habeck zog die Brauen hoch. »Sie sehen ja beim Brexit-Referendum, dass simple Ja-oder-nein-Referenden problematisch sind. Komplexe Fragen können nicht durch Populismus entschieden werden!«

König lachte. »Zu komplex für die Bevölkerung? Ich glaube, so kann man auch die Diktatur in Nordkorea rechtfertigen.«

Mia zuckte zusammen. In der Sache gab Mia Robert Habeck recht. Sie war jedoch objektiv genug, um zu sehen, dass König diesen Punkt klar gewonnen hatte. Je länger sie darüber sprachen, dass Habeck gegen eine Volksabstimmung war, desto elitärer und abgehobener wirkte er.

»Nein«, sagte Mia plötzlich.

Christian drehte den Kopf zu ihr. »Nein?«

Sie nickte und sah ihn ernst an. »Wenn du wartest, ob ihr die Wahl gewinnt, dann ist unsere Ehe vorbei. Ich will nicht mit dir verheiratet bleiben, wenn ich glauben muss, du seist nur deswegen bei mir geblieben, weil die AfD zwei Prozentpunkte zu wenig geholt hat.«

Sie sah ihn auffordernd an. *Komm schon. Sag es. Sag, dass ich dir gleichgültig bin. Damit schockierst du mich nicht mehr. Denn du hast es mir seit Beginn dieser Kampagne gezeigt.*

Er nickte langsam. »Ist es ... in Ordnung, wenn ich mir mit meiner Antwort ein paar Tage Zeit lasse?«

Mias Herz zog sich zusammen. Die Tatsache, dass er darüber nachdenken musste, sollte ihr eigentlich Antwort genug sein.

Aber das war es nicht. Natürlich musste er sich Zeit nehmen, um die Sache zu überdenken. Immerhin handelte es sich um eine der weitreichendsten Entscheidungen, die er jemals in seinem Leben treffen würde.

»Diesen Sonntag vor der Wahl«, sagte Mia. »Melde dich vor der ersten Hochrechnung und sag mir, wie du dich entscheidest. Und jetzt sei still, ich will die Debatte verfolgen.«

Im Studio hatten die Moderatoren Habeck mittlerweile endlich vom Migrationsthema erlöst. Die Moderatoren wechselten nun zum Großthema Klimawandel. Noch vor vier Jahren war der Klimawandel im Kanzlerduell kaum erwähnt worden. Dass er jetzt ein ganzes Themengebiet umfasste, zeigte, wie sehr sich die Zeiten änderten.

Die Themenstellung kam diesmal naturgemäß Habeck zu Gute. Den Grünen wurde seit jeher die meiste Kompetenz in diesem Bereich zugeschrieben, und anders als bei Zuwanderungsfragen hatte Robert Habeck hier eindeutig die Mehrheit der Bevölkerung hinter sich, wohingegen Helene König eine Position vertrat, die außerhalb der AfD-Basis als absurd galt.

Die Moderatoren begannen damit, Robert Habeck zu fragen, ob er Greta Thunberg bei ihrem Besuch in Berlin getroffen habe. »Nein, leider nicht«, sagte Habeck lächelnd. »Und zwar ganz absichtlich. Ich finde es großartig, was sie macht und wie sie sich für den Kampf um den Klimawandel einsetzt. Dass junge Menschen sich so sehr engagieren, ist wundervoll, und das wollte ich als sich im Wahlkampf befindender Politiker nicht missbrauchen.«

Auch diese Antwort hatten Mia und Habecks Team schon vor Tagen vorbereitet. Sie sollte charmant und freundlich wirken. Allerdings hatten sie nicht mit Helene Königs Reaktion gerechnet:

Helene König lachte laut.

»Sie finden das amüsant?«, fragte der Moderator.

Die Augen der AfD-Parteivorsitzenden blitzten. »Sie nicht?«

»Nein. Ich denke eigentlich, dass der Klimawandel eine ernste Angelegenheit ist.«

»Das ist er«, bestätigte König überraschend.

Mia war genauso überrascht wie die beiden Moderatoren und Robert Habeck. »Ihre Partei hat den Klimawandel immer abgestritten oder gering geredet!«, warf Habeck ein.

Mia sah aus dem Augenwinkel, wie Christian leicht den Mundwinkel verzog. Sie kannte diesen Ausdruck. *Was heckt er aus?*

Helene König wandte ihren Blick plötzlich direkt in die Kamera. »Der Klimawandel ist eine Bedrohung für unser

Land«, erklärte sie. »Nicht nur verändert er das Weltklima, er erzeugt auch einen gewaltigen Einwanderungsdruck vom Süden in den Norden. Deswegen werden wir ihn stoppen.«

Der Moderator räusperte sich: »Aber –«

»Aber«, schnitt König ihm das Wort ab. »Nicht so, wie die Grünen das wollen. Die ganze Welt schießt CO_2 in die Luft. Egal welche noch so strengen Maßnahmen wir in Deutschland ergreifen. Es macht keinen Unterschied, wenn in Afrika, Asien und Amerika nicht ähnliche Maßnahmen ergriffen werden.«

»Genau diese Argumentation ist immer die Ausrede dafür, *nichts* zu tun!«, hielt Habeck dagegen.

König funkelte ihn an. »Ich schlage nicht vor, nichts zu tun. Ich schlage vor, ein mutiges Programm zu verabschieden, das *funktioniert.*« Sie blickte wieder in die Kamera. »Denn wenn wir eines in den letzten Jahren gelernt haben, dann, dass die Politik der Grünen mit internationalen Abkommen, riesigen Konferenzen und Medienauftritten *nicht* funktioniert. Unser Plan dagegen wird Ergebnisse erzielen.«

Die beiden Moderatoren drehten sich zu ihr und Mia sah auf dem Bildschirm, dass eine Großaufnahme von Helene König gezeigt wurde. Robert Habeck wurde in diesem Augenblick vergessen. *Seine* Positionen und Forderungen waren hinreichend bekannt. Wohingegen niemand wusste, was Helene König vorhatte.

Mia fühlte sich an die Debatte zwischen König und Manuela Schwesig erinnert. Damals hatte König die SPD-Politikerin mit einer ambitionierten Forderung erledigt. Doch Mia konnte sich beim besten Willen nicht vorstellen, was König diesmal aus dem Hut zaubern würde. *Wenn sie jetzt versucht, grüner als die Grünen zu sein* *und kein CO_2 in fünf Jahren oder so etwas vorschlägt, macht sie sich völlig lächerlich.*

Mias Blick fiel erneut auf Christian, der die Debatte mit einer Miene völliger Selbstsicherheit verfolgte.

Was hatte er vor?

Helene König lächelte in die Kamera. »Wir werden Politik im großen Stil machen und zwei Fliegen mit einer Klappe schlagen«, verkündete sie im Tonfall einer Präsidentenrede. »Die Grünen wollen vor allem den CO_2-Ausstoß pro Kopf reduzieren. Das hat sich als ineffektiv erwiesen. Einerseits setzen nur die Europäer die nötigen Maßnahmen um und andererseits steigt die Zahl der Köpfe pro Jahr weiter an.« Sie leckte sich über die Lippen. »Die harte Wahrheit ist, dass die Welt sich keine Bevölkerung von zehn Milliarden oder noch mehr leisten kann. Wenn wir das Klima schützen, die Natur erhalten und die Massenmigration beenden wollen, dann müssen die Geburtenraten in Indien und vor allem in Afrika fallen.«

Mia runzelte instinktiv die Stirn. Und wie wollte König das erreichen? Sie konnte wohl kaum anderen Ländern vorschreiben, wie viele Kinder die Menschen dort gebären sollten.

»Die Geburtenraten weltweit sind doch ohnehin bereits im Fallen begriffen«, sagte ein Moderator.

König nickte. »Und diesen Trend müssen wir unterstützen. Europa, angeführt von Deutschland, muss ein großzügiges Entwicklungshilfeprogramm aufstellen. Ein Marschall Plan für Afrika, aber einer mit strengen Voraussetzungen. Nur Länder, in denen Frauen gleichberechtigt sind, freien Zugang zu Verhütungsmitteln haben und in denen sinkende Geburtenraten verzeichnet werden können, werden aufgenommen. Diejenigen, die diese Bedingungen nicht erfüllen, werden sie rasch umsetzen.« König sah in die Kamera. »So ein Programm würde Milliarden kosten«, sagte sie. »Aber wird dennoch wesentlich billiger sein, als die Kosten für Massenmigration und die Schäden für den Klimawandel zu übernehmen. Beide Probleme können wir bewältigen. Aber um das zu schaffen, brauche ich Ihre Hilfe und am kommenden Sonntag Ihre Stimme.«

Mia hielt den Atem an. Helene König war ein perfekter Coup gelungen. König hatte es irgendwie geschafft, das Thema Klimawandel mit dem Thema Migration zu verbinden und in beiden Fällen staatstragend auszusehen, während Robert Habeck nur die üblichen Argumente anzubieten hatte.

Mia lief ein Schauer über den Rücken. Christians Lächeln gab ihr den Rest: Abrupt machte sie einen Schritt zurück und verließ den Balkon.

Sie musste die weitere Debatte nicht mehr verfolgen.

Helene König hatte gewonnen.

Christian

(Brandenburg, Freitag, 17. September 2021)

In den letzten Tagen war die Luft in Deutschland so angespannt, dass sich überall und jederzeit selbst der kleinste Konflikt in einen Streit verwandeln konnte. Ganz Deutschland wurde von nur einer Frage umgetrieben: Wen wählst du am Sonntag?

Im ganzen Land spalteten sich Familien bei diesem Thema. Freunde mieden einander und an Familientischen endete beinahe jedes Gespräch im Streit. Die Gesellschaft war in zwei Teile zerfallen und alle glaubten, dass die Seite der anderen im Unrecht war. Nicht nur im Unrecht. Sondern böse. Die anderen, das war der Feind. Wo man auch hinging, stieß man auf Debatten, die immer wütender und aufgeregter wurden. Auch auf den Straßen wurde die Stimmung mit jedem Tag aufgebrachter. In Hamburg wurden mehrere Infostände der AfD von vermummten Antifa-Anhängern gestürmt. Umgekehrt kam es in Sachsen zu teilweise gewalttätigen Demonstrationen gegen Zuwanderer.

Doch diese Ereignisse im wirklichen Leben waren nicht zu vergleichen mit dem Krieg, der in den sozialen Netzwerken tobte. Überall und zu jeder Zeit wurden Debatten geführt, Beleidigungen getauscht, mit Rache gedroht und triumphale Siege verkündet.

Angesichts der Wut und des Hasses, mit denen die Debatten geführt wurden, schien es beinahe unmöglich, dass das Land nach der Wahl wieder zusammenfinden würde. Gleiches galt für Christian und seine Ehe. Je näher der Wahlsonntag rückte, desto stärker drängte sich ihm die Frage auf, wie es mit ihm und Mia weitergehen sollte. Er wusste, dass er eine Entscheidung treffen musste. Er wusste nur nicht, wie sie ausfallen sollte.

Am Freitag vor der Wahl fuhr Christian zu Helene Königs Landhaus. Da es Drohungen gegen König gegeben hatte, wurde das Haus mittlerweile von einem privaten Sicherheitsdienst geschützt. Es gab auch Gerüchte, dass das Zentrum für politische Schönheit irgendeine Aktion geplant habe, aber in letzter Sekunde irgendwie daran gehindert worden sei.
Die AfD hatte sich zum Schutz des Hauses an die Polizei gewandt. Aber die hatte nur erklärt, dass sie ohne ein konkretes Verdachtsmoment keinen 24-Stunden-Schutz gewährleisten könne. Also übernahm der Sicherheitsdienst *Wehrwolf* die Aufgabe. Zwei Mitglieder des Sicherheitsdienstes, die an diesem Tag Dienst hatten, hießen Christian in der Zufahrt willkommen.

»Ausweis bitte!«, sagte einer von ihnen.

Christian zog die Brauen nach oben. »Christian Jäger. Wahlkampfleiter der AfD und nebenbei der Mensch, der Ihre Firma engagiert hat. Und jetzt lassen Sie mich durch.«

Der massige Kerl setzte einen recht dämlichen Gesichtsausdruck auf, winkte Christian aber weiter.

Die Haushälterin, er glaubte, sie hieß Nina, öffnete ihm die Tür. »Frau König ist oben«, sagte sie.

König erwartete ihn in einem leichten Sommerkleid. »Ich hatte keine Lust, mich groß anzuziehen«, sagte sie auf seinen Blick hin. »Wenn ich Kanzlerin werde, muss ich ohnehin immer elegant aussehen. Ich verstehe schon, warum Nahles und Merkel immer diese Hosenanzüge trugen.«

Christian grinste. »Darum kümmere dich, *wenn* du Kanzlerin wirst. Die Sonntagsfragen sagen einen Sieg voraus, aber keine Mehrheit.«

König winkte ab. »Wir werden sehen. Ich hoffe, du hast noch nicht zu Abend gegessen?«

Königs Haushälterin hatte ein ganz und gar großartiges Mahl vorbereitet. Es gab Fisch mit frischem Gemüse und einem Glas Weißwein dazu. Es war ein angenehmes Essen in einer angenehmen Atmosphäre. Sie sprachen über dieses und jenes und König ließ durchblicken, dass sie ihre Tochter vermisste.

Als sie mit dem Fisch fertig waren und eine zweite Flasche Wein geöffnet hatten, wandten sie sich dem Geschäftlichen zu.

»Es wird Zeit, dass wir über deine Zukunft sprechen, Christian«, sagte König und lehnte sich zurück. »Du hast einen großartigen Job gemacht. Auch wenn wir nicht in die Regierung kommen, will ich dich für die Partei behalten. Ich will, dass du alle unsere weiteren Wahlkämpfe übernimmst. Besonders in Ostdeutschland können wir mit deiner Hilfe schrittweise die Macht übernehmen.«

»Und was, wenn wir an die Regierung kommen?«, fragte Christian.

Helene strich sich das blonde Haar zurecht. »Wenn wir an die Regierung kommen, werden wir nur wenige Ministerposten zu vergeben haben«, erklärte sie. »Die Union würde mich nur dann zur Kanzlerin machen, wenn sie sich einreden könnte, dass sie dafür alle großen Ministerien kontrolliert. Ich müsste ihnen vermutlich das Außen- und auf jeden Fall das Verteidigungsministerium überlassen. Vermutlich auch das Innenministerium.«

Christian nickte. Wenn sie die Union für eine Koalition gewinnen wollten, würden sie den Schwarzen diese schmackhaft machen müssen.

»Es gibt aber ein Ministerium, das ich dir anbieten kann.«

»Ja?« Christian verschränkte die Arme. Er *wollte* Minister werden. Es war die einmalige Gelegenheit, wirklich etwas zu verändern. Christian brauchte kein großes Ministerium, aber ein eigenständiges. Er konnte sich als Entwicklungsminister sehen, der das neue deutsche Investitionsprogramm in Afrika leiten würde. *Damit könnte sich auch Mia anfreunden. Wir würden gemeinsam Menschen helfen und die Armut, den Klimawandel und die Masseneinwanderung nach Europa mit einem Schlag bekämpfen.*

Doch König hatte anderes für ihn im Sinn. »Sollte es dazu kommen, will ich, dass du das Kanzleramt leitest«, sagte sie.

Christian blickte auf. Das Kanzleramt war das Zentrum der Macht. Kein eigentliches Ministerium, sondern die Schaltstelle im Hintergrund. Der Kanzleramtsminister war so mächtig, wie der Kanzler oder die Kanzlerin es bestimmte.

»Was wären meine Aufgaben?«, fragte er.

König strich sich die Haare zurück. »Sollten wir regieren, werden die Medien und die ganze Elite alles tun, um unsere Regierung zu Fall zu bringen«, sagte sie. »Darum wird die *Message Control* entscheidend sein. Du würdest als Regierungs- und Kanzlersprecher fungieren und dafür sorgen, dass die Arbeit der Regierung positiv dargestellt wird.«

Christian nickte. »Der Wahlkampf würde für mich damit niemals enden.« Er nahm einen Schluck Wein und ließ sich die Sache durch den Kopf gehen. Ein solches Ministerium könnte über unglaubliche Macht verfügen.

»Aber das ist noch nicht alles«, sagte König »Können wir offen sprechen?«

Christian hob die Brauen. »Ich dachte, wir sprechen immer offen?«

»Es geht darum, wie wir die Machtverhältnisse in Deutschland dauerhaft verändern. An die Regierung zu kommen allein reicht nicht. Wir haben in anderen Ländern gesehen, wie stark der tiefe Staat ist. Wenn wir das Land wirklich verändern wollen, dann brauchen wir eine langfristige Machtbasis.«

Instinktiv hielt Christian den Atem an. Worauf spielte König an?

»Das heißt, wir müssen als Regierung sofort die Medien unter unsere Kontrolle bekommen«, sagte König. »Wir haben ja in Österreich gesehen, wie die Medien eigenständig eine ganze Regierung zu Fall bringen können. Jeder weiß, dass die Medien tendenziell links und gegen die AfD eingestellt sind.«

»Und wie sollen wir das ändern?«, fragte Christian.

»Wir kaufen Anteile auf«, erklärte König in aller Selbstverständlichkeit. »Es gibt eine Reihe großer Unternehmer, die uns dabei helfen wollen. Wir dirigieren diese Versuche und sorgen somit für eine ausgewogenere Berichterstattung. In Ungarn macht Orban das seit Jahren und schafft es so, eine stabile Regierung aufrechtzuerhalten.«

Christian schwieg. Was König da vorschlug, war offene Medienmanipulation.

König schien sein Entsetzen jedoch nicht wahrzunehmen. »Ich brauche jemanden, der die Presse kennt«, sprach sie munter weiter. »Jemanden, der sich im Hintergrund mit AfD-nahen Industriellen trifft. Wir müssen vorsichtig vorgehen. Mal hier ein paar Anteile kaufen und mal da. Immer von verschiedenen Leuten und zu verschiedenen Zeitpunkten. So, dass es nicht auffällt, aber auch so, dass wir bei der nächsten Bundestagswahl einen entscheidenden Einfluss nehmen können.«

Christian öffnete die Lippen. Das wäre Korruption, hatte er sagen wollen.

Doch in diesem Augenblick ertönte ein Schrei.

König und Christian rissen die Köpfe herum. »Was war das?«, fragte sie.

»Keine Ahnung.«

Sie sahen einander verwirrt an, als sie plötzlich ein Poltern hörten. Nina, die Haushälterin, kam die Treppe heraufgelaufen. »Es brennt!«, schrie Nina. »Die Küche brennt!«

Sofort sprangen Christian und König auf.

»Die Küche?«, fragte Helene. »Aber wie?«

»Ich weiß es nicht!«, rief das Mädchen. »Ich habe noch nie so viel Feuer gesehen. Überall ist Rauch.«

Sie stürmten in das untere Stockwerk. Zuerst roch Christian den Rauch, dann sah er ihn. Es war nicht nur ein wenig, wie man es bei übergelaufener Milch oder einem verbrannten Brot erwarten konnte. Stattdessen drangen gewaltige Rauchschwaden aus der Küchentür.

»Das Feuer breitet sich aus«, flüsterte König.

Christian rieb sich die Augen. Die Flammen züngelten durch die offene Küchentür und breiteten sich in der Eingangshalle aus. *Dieses Feuer ist viel zu stark für einen Küchenbrand.*

»Wir müssen hier weg!«, rief Christian. »Ist sonst noch jemand im Haus?«

König schüttelte den Kopf. »Nein, die Bodyguards sind draußen und meine Tochter ist bis zur Wahl bei ihren Großeltern.«

»Dann lasst uns hier verschwinden.«

Christian lief voran in die Eingangshalle. Der Rauch war mittlerweile so dicht, dass er kaum noch etwas erkennen konnte. Er versuchte, nach Möglichkeit wenig zu atmen, und kämpfte sich Schritt für Schritt dorthin, wo er glaubte, dass die Tür sich befinden musste. Bald schon war der Rauch so dicht, dass Christian seine eigenen Hände nicht mehr sehen konnte.

Auch die Flammen sah er nicht. Doch er spürte die Hitze auf seiner Haut. Denn plötzlich wurde es so heiß, dass er aufschrie und einen Schritt zurückmachen musste. Er wusste nicht, ob das Feuer ihn getroffen hatte oder aber ob er ihm nur sehr nahe gekommen war, aber der Schmerz und der Rauch trieben ihm die Tränen in die Augen.

Wir werden hier verbrennen, begriff er voller Panik.

»Da sind Flammen!«, hustete er. Wir müssen zurück!«

Die Kraft verließ ihn und er verlor die Orientierung. Er machte ein paar schwache Schritte zurück und spürte dann, wie ihn eine Hand ergriff und ihn mit sich zog. Helene König führte ihn und die Haushälterin in den hinteren Bereich des Hauses. Hier war der Rauch weniger dicht und die Flammen waren noch nicht vorgedrungen. Christian gewann langsam die Kontrolle über seinen Körper zurück. *Wir müssen ein Fenster öffnen*, hatte er sagen wollen. Aber er wollte nicht noch mehr Rauch einatmen. Also ging er stattdessen zum nächsten Fenster und riss es mit aller Kraft auf.

Nachdem er sich umgewandt hatte, sah er, dass Nina das Bewusstsein verloren hatte. Auch König kämpfte mit sich. Sie stand an die Wand gestützt und rang sichtlich um Atem.

Einen Augenblick lang sammelte Christian seine Kräfte, dann machte er einen Schritt auf die Haushälterin zu, hievte sie auf die Fensterbank und ließ sie so vorsichtig, wie es ging, aus dem Fenster gleiten. Nina fiel hart ins Gras. Vielleicht hatte sie sich eine Rippe gebrochen, aber das war besser, als zu ersticken.

Wo sind die verdammten Bodyguards?

Vermutlich versteckten sich die beiden Hohlköpfe irgendwo, anstatt ihre Auftraggeberin zu retten.

Christian wandte sich um. Helene König saß mit geschlossenen Augen an der Wand. Auch Christian spürte, wie ihn erneut die Kräfte zu verlassen drohten.

Plötzlich hörte er eine Stimme in seinem Kopf. *Lass sie liegen*, flüsterte die Stimme. *Lass sie liegen. Dann hat dieser Spuk ein Ende.*

Er erinnerte sich daran, was sie vor dem Brand über die Kontrolle der Medien gesagt hatte. Erst jetzt begriff Christian, dass er sich getäuscht hatte. *Ich habe sie nie manipuliert. Sondern sie mich.* Er hustete und sah zum Fenster. *Wenn ich mich selbst rette, wird mir niemand einen Vorwurf machen.*

In diesem Augenblick hob König ihre Hand. »Christian«, flüsterte sie.

Wie von selbst trat er nach vorne und hob König hoch. Mühevoll setzte er sie auf die Fensterbank und sah plötzlich das breite Gesicht eines der Securitymänner vor sich. »Na endlich!«, schimpfte Christian hustend. »Nehmt sie.«

Kaum dass man ihm Helene König aus den Armen genommen hatte, schwang er sich mit seinen letzten Kräften auf das Fenstersims. Dann spürte er nur noch, wie starke Arme ihn unsanft ergriffen und hinabzogen.

Christian wusste nicht, wie lange er besinnungslos im Gras gelegen hatte. Es fühlte sich wie Ewigkeiten an, vielleicht waren es aber auch nur zehn oder zwanzig Minuten gewesen. Doch als er wieder zu sich kam, lag er auf einer Bahre.

Er richtete sich auf. Sein ganzer Körper schmerzte und er musste heftig husten. Es dauerte einen Augenblick, bis er sich die Tränen aus den Augen gerieben hatte und etwas erkennen konnte. Eine Flasche Wasser lag neben ihm im Gras. Christian machte sie unverzüglich auf und nahm einen gierigen Schluck. Dann sah er sich um. Irgendjemand musste die Feuerwehr, die Polizei und die Rettung gerufen haben. Und die Presse.

Obwohl die Feuerwehr alle möglichen Löschversuche unternahm, brannte Königs Villa immer noch lichterloh. Die Flammen erhellten das Dunkel der Nacht und tauchten die Umgebung in ein schauriges Licht. Überall wurden Fotos gemacht, Reporter sprachen aufgeregt in Kameras und jeder versuchte, ein Interview zu ergattern.

Die Polizei hatte Mühe, die Reporter zurückzuhalten. »Bitte. Ich bitte Sie!«, rief ein Polizeisprecher. »Sie behindern die Löscharbeiten. Bleiben Sie zurück!«

Aber niemand beachtete ihn. Die Polizei hatte nicht genug Einsatzkräfte vor Ort, um mit dem Gedränge der Journalisten mithalten zu können.

Christian verließ seine Bahre und wankte ein paar Schritte auf das Haus zu.

Unterdessen wurde der Polizeisprecher von den Reportern umringt.

»Was ist hier geschehen?«

»Haben Sie einen Täter gefunden?«

»Wen verdächtigen Sie? Handelte es sich um ein politisches Attentat?«

Ein Attentat. Christian runzelte die Stirn. Dann begriff er, warum so viele Medien hier waren. Helene König, eine rechte Politikerin, die gute Chancen auf den Wahlsieg in Deutschland hatte, wäre beinahe in einem Feuer umgekommen.

Das gibt Schlagzeilen für eine Woche. Oder würde es, wenn nicht am Sonntag gewählt werden würde.

Der Polizeisprecher hob abwehrend die Hände. »Wir kennen die Brandursache noch nicht«, sagte er. »Nach unserem Informationsverstand ist niemand ums Leben gekommen oder dauerhaft verletzt worden. Das ist alles, was ich Ihnen zu diesem Zeitpunkt sagen kann, wir …«

Doch plötzlich wandten sich die Journalisten ab.

»Frau König!«, rief einer.

Auch Christian drehte sich um und tatsächlich: Helene König war auf den Platz getreten. Sie trug immer noch ihr Frühlingskleid, das nun völlig zerrissen und voller Dreck war. Königs linke Gesichtshälfte blutete. Es war ein Bild, wie man es nie von einem Spitzenpolitiker sah und die Kameras stürzten sich wie die Aasgeier darauf.

Christian begriff sofort, dass König sich absichtlich nicht umgezogen oder ihr Gesicht gereinigt hatte. Wie sie dort in der Nacht vor ihrem brennenden Haus stand, sah sie aus wie eine Revolutionsheldin. Mit langsamen Schritten ging sie auf die Kameras zu. Ihre Augen glühten.

»Frau König! Wissen Sie, was vorgefallen ist?«

»Ist jemand verletzt?«

König trat vor die Kameras. Alle wichtigen Nachrichtenmagazine des Landes hatten so schnell wie möglich

Notfallreporter geschickt. Was auch immer sie jetzt sagen würde, würde morgen früh auf jedem Sender gezeigt und in jedem Radio gespielt werden.

Helene König blickte einen Augenblick lang stumm auf ihre brennende Villa. »Meine Haushälterin Nina wurde ohnmächtig ins Krankenhaus eingeliefert«, sagte sie so leise, dass es wie ein Flüstern klang. »Wir hoffen, dass sie sich bald erholen wird.« Dann wurde ihre Stimme lauter. »Meine Damen und Herren, Sie sind Zeugen eines Terrorangriffs geworden. Eines Angriffs nicht nur auf mich, deren Tod man in Kauf genommen und vielleicht sogar beabsichtigt hat, eines Angriffs nicht nur auf das Zuhause meiner Tochter, sondern eines Angriffs auf uns alle. Auf die Millionen Menschen in Deutschland, die in den letzten Wochen aufgestanden sind und ihre Meinung geäußert haben. Auch dann, wenn diese Meinung unbequem war, auch dann, wenn sie nicht politisch korrekt war!

Doch der Mut dieser Menschen war den Linken ein Dorn im Auge! Mit allen Mitteln wollten sie uns mundtot machen. Lügen und Verleumdungen. Beleidigungen und Gewalt gegen unsere Aktivisten. Und jetzt? Jetzt der Versuch, mich und meine Tochter lebendig in unserem Haus zu verbrennen!«

Christian runzelte die Stirn. Königs Tochter war gar nicht im Haus gewesen. Aber das spielte wohl keine Rolle. *Sie weiß, was sie tut.*

Die Reporter umringten König. »Wer, glauben Sie, steckt hinter dem Angriff?«, fragten sie der Reihe nach.

König sah dramatisch zu ihrer Villa. »Ich habe im Vorfeld Drohungen von mehreren linken Organisationen erhalten«, sagte sie. »Einige davon aus dem Umfeld der Grünen. Ich werde darum noch heute Nacht Anzeige gegen die Jugendorganisation der Grünen – Grüne Jugend – erstatten. Den Rest müssen die Behörden klären. Ich kann mich an dieser Stelle nur bei der Polizei, der Feuerwehr und den Rettungskräften bedanken, die in letzter Sekunde mein Leben und das meiner Tochter gerettet haben.«

Weitere Fragen wurden gestellt, doch Helene König wandte sich ab. Sie hatte ihren Auftritt gehabt und gesagt, was sie zu sagen hatte. Die Anzeige gegen die Grünen würde selbstverständlich im Sand verlaufen. Aber das spielte vor der Wahl keine Rolle mehr. Dieser Brandangriff würde die AfD-Wähler und Unterstützer Königs im ganzen Land mobilisieren.

Das wussten auch die Reporter. Nachdem König sich zurückgezogen hatte, bedrängten sie erneut den Polizeisprecher.

»Ist die Polizei derselben Ansicht?«

»Hat es sich wirklich um einen politischen Angriff gehandelt, wie Frau König behauptet?«

Christian glaubte keineswegs an einen Angriff. Der Brand war aus der Küche gekommen. Er konnte alle möglichen technischen Ursachen gehabt haben. Aber natürlich ließ sich auch nicht ausschließen, dass tatsächlich irgendeine linke Gruppe versucht hatte, Helene König aus dem Weg zu räumen.

Alles war möglich und damit hing die Berichterstattung weitgehend von den nächsten Worten des Polizeisprechers ab. Der Mann schien sich dessen bewusst zu sein und sah so aus, als wollte er gerade überall sein, nur nicht vor Helene Königs immer noch brennender Villa.

»Wir wissen noch nicht, was die Ursache für den Brand war«, wiederholte er seine Worte von eben.

»Helene König hat erklärt, Anzeige gegen die Grüne Jugend erstatten zu wollen.«

»Nun. Sie hat das Recht, anzuzeigen, wen sie will«, sagte der Polizist. »Weitere Ermittlungen müssen dann klären, ob es Zusammenhänge gibt.«

»Glauben Sie, dass es sich um einen politischen Angriff von links gehandelt haben könnte?«

»Wir können im Augenblick nichts ausschließen.«

»Also werden Sie im linken Milieu ermitteln?«

Der Polizeisprecher nickte. »Natürlich. Wenn es sich um Brandstiftung gehandelt hat, dann liegt der Verdacht nahe, dass die Täter im linken Bereich zu finden sind.«

Mehr musste er nicht sagen. Christian wusste schon jetzt, dass dieser Satz morgen in jeder Zeitung stehen und in jeder Nachrichtensendung wiederholt werden würde.

Er sah zu Helene König, die hinter der Polizeisperre stand und die Flammen beobachtete.

Sie lächelte.

Mia

(Grünen-Wahlparty Berlin, 19. September 2021)

Noch nie in ihrem Leben hatte Mia eine solche Anspannung gefühlt. Es war, als hätte ihr jemand einen Felsen auf die Brust gelegt, der sie kaum atmen ließ. Sie spürte ihn bei jeder Bewegung. Sie fühlte ihn, wenn sie Parteifreunde begrüßte, wenn sie sich Früchte vom Büffet holte und jedes Mal, wenn sie auf die Uhr blickte. Mia wusste, dass es ihr nicht als Einzige so ging. Die gesamte Gesellschaft war nervös. Selbst oder gerade wenn alle vorgaben, zuversichtlich und entspannt zu sein.

Zum gefühlt tausendsten Mal schaute Mia auf den großen Fernsehbildschirm gegenüber der Tribüne. Es war 17 Uhr. Eine Stunde noch. Die Wartezeit an diesem Tag kam ihr ewig vor. Es war wie als Kind zu Weihnachten, wenn Mia und ihre Schwester am 24. aufgewacht waren und irgendwie die Zeit bis zum Abend hatten totschlagen müssen. Nur dass sie damals dem Abend mit Freude und nicht voller Furcht entgegengesehen hatte.

Mia hatte den Tag also vor allem damit verbracht, Twitternachrichten zu verfolgen, gewählt hatte sie schon vor Wochen via Briefwahl.

Die meisten Medien beschäftigten sich immer noch mit dem Brand in Helene Königs Haus. Erst gestern war die Nachricht wie eine Bombe eingeschlagen. Mia kannte keine Details. Niemand kannte Details. Doch die Bilder von Helene Königs brennendem Haus jagten auch ihr Schrecken ein. Konnte es sich bei den Angreifern wirklich um linke Attentäter gehandelt haben? *Wenn ja, dann haben sie uns einen Bärendienst erwiesen. Die sozialen Medien quellen über vor Unterstützung für Helene König.*

Auch auf der Wahlparty war der Brand neben den Prognosen für den Wahlabend das Thema Nummer eins. Manche schimpften wütend auf die vermeintlichen Brandstifter. »Diese verdammten Autonomen in ihrer Zerstörungswut ruinieren uns alle«, hörte Mia immer wieder. Anders als etwa in der Linkspartei gab es bei den bürgerlich gewordenen Grünen nur wenig Sympathien für die Antifa. Besonders für jene Gruppen, die in Hamburg Straßenviertel zerlegten oder in Berlin Autos niederbrannten.

Aber es gab auch andere Theorien. »Ich glaube nicht, dass ihr Haus niedergebrannt wurde«, sagte eine Frau mit Strickjacke im verschwörerischen Tonfall. »Ein Brand zwei Tage vor der Wahl? König soll doch irgend so ein Marketinggenie angeheuert haben. Würde mich nicht wundern, wenn der so etwas inszeniert hätte. Reichstagsbrandmäßig.«

Manche sagten auch, dass der Brand am Ende keinen Einfluss auf die Wahl haben werde. Rassisten und Ausländerfeinde würden so oder so die AfD wählen und ein progressiver Mensch nicht wegen eines Brandes plötzlich zu Helene König überlaufen. Dennoch. Mia war mulmig zu Mute. Mit jeder Sekunde, die verging, stieg die Anspannung weiter an. Eine Stunde noch bis zur ersten Hochrechnung. Eine Stunde noch, bis sie das Ergebnis der Wahl kennen würden und ...

Noch eine Stunde, bis ich weiß, ob meine Ehe weitergeht.

Mia sah immer wieder auf ihr Telefon. Christian hatte ihr immer noch keine Nachricht geschickt. Kein Anruf.

Nichts. Machte er es absichtlich dramatisch? Oder hatte er sich längst entschieden? Doch wenn er sich gegen sie entschieden hatte, dann hätte er doch zumindest die Höflichkeit besitzen können, es ihr mitzuteilen? Saß er irgendwo und dachte immer noch nach? Ihr Herz schlug schneller. *Ich verdiene Besseres. Ich verdiene einen Ehemann, der nicht bis zur letzten Minute überlegen muss, ob ich das Wichtigste für ihn bin.*

Dennoch überprüfte sie ihr Handy alle paar Minuten.

»Hier.« Daniel kam herbei und drückte ihr ein Sektglas in die Hand.

»Es bringt Unglück, zu früh zu feiern«, sagte Mia, nahm das Glas aber an.

»Ich feiere nicht«, sagte Daniel und leerte das Glas in einem Zug. »Ich kämpfe gegen die Anspannung.«

Mia trank wesentlich langsamer. Sie wollte einen klaren Kopf behalten.

Seit dem TV-Duell waren Daniel und Mia einander aus dem Weg gegangen. Sie ahnte, dass er immer noch Gefühle für sie hatte. Mia war es gleichgültig. Sie hatte keine Zeit, um sich um Daniel zu kümmern.

Ich muss mich um meine eigenen kümmern, sagte sie sich und dachte schmerzerfüllt an ihre Ehe.

Doch wenn sie befürchtet hatte, dass Daniel versuchen würde, ihr heute Abend näher zu kommen, konnte sie beruhigt sein. Er leerte ein Sektglas und dann ein zweites und starrte auf den Bildschirm. »Ich habe Angst«, sagte er irgendwann.

Mia legte ihm eine Hand auf die Schulter. »Du musst keine Angst haben. Alle Sonntagsfragen sagen voraus, dass die AfD nicht an die Regierung kommt.«

Er schüttelte den Kopf. »Es gibt nur eine Sonntagsfrage, die zählt, und die ist heute.«

»Der rechte Spuk hat heute ein Ende«, sagte Mia überzeugter, als sie in Wirklichkeit war.

»Ist er das?« Daniel war selten so nachdenklich wie heute. »Die Rechten gehen nicht weg. Die Ideen gehen nicht weg. Der Hass geht nicht weg. Den Fehler haben wir zu lange gemacht. Wir haben geglaubt, wir wären nach dem Krieg plötzlich alle bessere Menschen geworden. Aber das sind wir nicht. Das waren wir nie.« Er wollte nach noch einem Glas greifen, aber Mia hielt ihn zurück.

»Betrink dich nach der Hochrechnung«, riet sie ihm. »Die wird so oder so ein Anlass zum Trinken sein.«

Damit ließ sie ihn stehen. Sie brauchte eine Pause von all den Unterhaltungen. Die Menschen redeten in Wahrheit ja doch nur miteinander, um irgendwie die Zeit totzuschlagen.

Mia empfand es beinahe als Erlösung, als um 17:30 Uhr die Wahlberichterstattung der ARD begann. Jörg Schönenborn tauchte auf und hielt seine typische Ansprache. Er wies auf die Bedeutung der Wahl hin und erklärte einige technische Details zur Sendung. Dann wurde eine Kurzreportage des Wahlkampfs eingespielt. Helene König und Robert Habeck wurden gezeigt, aber auch die verkrachten Kampagnen von CDU und SPD und die Schwierigkeiten der FDP und der Linkspartei, im polarisierten Duell zwischen Grün und Blau überhaupt noch wahrgenommen zu werden. Christian Lindner war das noch halbwegs gelungen, weil er sich sowohl von den Grünen als auch von der AfD abgrenzen konnte. Doch die Linkspartei hatte dasselbe Problem wie die SPD. Ihre Wähler, die die Rechten stoppen wollten, würden den stärksten linken Kandidaten wählen und das war ohne jeden Zweifel Robert Habeck. Umgekehrt büßte die Linkspartei im Osten massenweise Wähler an die AfD ein.

Das Ende der Reportage drehte sich dann auch nur noch um das Duell zwischen Habeck und König. Szenen aus dem TV-Duell wurden gespielt und am Ende die Bilder von Helene Königs brennendem Haus gezeigt. »Wir alle fragen uns natürlich, ob diese Bilder sich im Wahlergebnis niederschlagen werden«, sagte eine Reporterin.

»Ja und nein«, antwortete Schönenborn, der wie immer bereits eine Grafik vorbereitet hatte. »Unsere Reporter haben sich gestern noch unter das Volk gewagt und gefragt, ob der Brand bei Helene König denn ihre persönliche Wahlentscheidung beeinflusst habe. Die Antwort bei dieser Frage ist eindeutig: Eine überwältigende Mehrheit von 92 % sagt, dass der Brand keine Auswirkungen auf ihre persönliche Wahlentscheidung hat.« Hinter Schönenborn tauchten die üblichen Balkendiagramme auf. »Was wir allerdings sehr wohl festgestellt haben, ist, dass die potentiellen Wähler der AfD durch den Brand eine höhere Motivation zeigen, jetzt auf jeden Fall zur Wahl zu gehen und ihre Stimme abzugeben. Wir werden in wenigen Minuten wissen, ob das tatsächlich der Fall gewesen ist.«

Schönenborn und die Reporterin unterhielten sich als Nächstes darüber, was diese Wahl für Deutschland bedeuten würde. Das etablierte Parteiensystem könnte mit dieser Wahl Geschichte sein. Zum ersten Mal waren nicht nur beide einstmals großen Parteien nicht im Vordergrund der Auseinandersetzung, sondern eine von ihnen spielte sogar gar keine Rolle. Schönenborn wies darauf hin, dass im Laufe der Auseinandersetzung der eigentlich als Kanzlerkandidat nominierte Olaf Scholz nur noch als *Spitzenkandidat* vorgestellt wurde. Auch das war ein klares Zeichen für den Abstieg der Volksparteien.

»CDU-Chefin Annegret Kramp-Karrenbauer dagegen saß zwischen den Stühlen«, erklärte Schönenborn. »Die Union hat versucht, sowohl rechts als auch links Wähler zu halten, und dabei wohl an beiden Rändern Sympathien verspielt. Umgekehrt hatte es Annegret Kramp-Karrenbauer als Kandidatin einer Partei, die seit sechzehn Jahren das Kanzleramt besetzt, schwer, sich selbst als frisch und neu zu präsentieren. Auch die Wirtschaftsdaten sind nicht mehr so gut, wie sie noch vor einigen Jahren waren. All das trägt zu einer schwierigen Ausgangslage für die Union bei.«

Mia nickte. Ohne den Merkel-Nimbus der ewigen Kanzlerin hatte die CDU nur wenige Themen, mit denen sie die Menschen begeistern konnte. Wer eine neue Politik wollte, wählte Grüne oder AfD. Selbst das neoliberale Wirtschaftsfeld wurde glaubwürdiger von der FDP vertreten als von einer Union, die zu nichts mehr eine klare Position zu haben schien.

Die Gespräche im Saal verstummten der Reihe nach. Alle starrten wie gebannt auf den Bildschirm. Nur Mia holte ihr Telefon hervor. 17:55 Uhr und immer noch keine Nachricht von Christian. Mia steckte ihr Telefon nicht mehr ein, sondern hielt es in der Hand. Sie hatte den Ton abgestellt, aber sie würde es vibrieren fühlen, wenn Christian ihr schrieb.

Unterdessen nahm die Anspannung weiter zu. Schönenborn und die Reporterin führten ein belangloses Gespräch, während ein Countdown die Sekunden bis zum Wahlschluss abzählte. Mia sah wieder auf ihr Telefon. Immer noch keine Nachricht. Sie überprüfte ihre Verbindung. Die war in Ordnung. Würde ihr Mann ihre Ehe wirklich ohne jedes Wort beenden?

Während Mia auf ihr Handy starrte, wurde die Anspannung im Raum unverkennbar. Keiner der Grünen-AnhängerInnen versuchte auch nur, gelassen zu wirken. Im Gegenteil: Manche hatten gar die Hand auf den Mund gelegt.

Die letzte Minute vor der Hochrechnung war die längste in Mias Leben. Während alle nach oben blickten, sah sie immer noch ungläubig auf ihr Telefon. Sicher meinte Christan das nicht ernst? *Wir lieben einander. Wir ...*

»Meine Damen und Herren«, drang Schönenborns Stimme in Mias Bewusstsein. »So hat Deutschland heute gewählt ...«

Christian hatte sich nicht gemeldet. Mia unterdrückte den Drang, laut aufzuschreien.

Der Schmerz war so heftig, dass ihr das Wahlergebnis beinahe gleichgültig wurde.

Beinahe.

»Halten Sie sich fest«, ertönte Schönenborns Stimme. »In Deutschland ist ab heute nichts mehr so, wie es bislang war. Die Union aus CDU und CSU, 16 Jahre lang Kanzlerpartei und traditionell stärkste Partei im Land, liegt krachend am Boden. Beim letzten Mal unter Bundeskanzlerin Angela Merkel hatte die Partei ihr historisch schlechtestes Ergebnis von 32,9 % eingeholt. Heute kann die Partei von solchen Werten nur träumen.« Der schwarze Balken schoss in die Höhe, blieb jedoch schon bald stehen. »19,7 % haben bei dieser Bundestagswahl eine der Unionsparteien gewählt. Ein absolutes Novum in Deutschland.

Gehen wir zur SPD. Die Sozialdemokraten taumeln seit Jahren von einer Niederlage zur nächsten. Viele haben sich die Frage gestellt: Kann die Partei einen Ausweg aus ihrer Misere finden? Kann die Partei sich erneuern? Die Antwort nach unserem derzeitigen Wissensstand ist ein eindeutiges: Nein, kann sie nicht. Nur 11,5 % haben der ältesten Partei Deutschlands an diesem Sonntag ihre Stimme gegeben.« Mia sah sich um. Die Grünen-AnhängerInnen schienen nicht zu wissen, ob sie jubeln sollten, oder nicht. In jedem anderen Szenario hätten sie sich über den Niedergang der ehemaligen Großparteien gefreut. Aber noch war ja nicht klar, wohin die Wählerstimmen gewandert waren.

»Kommen wir zur Alternative für Deutschland. Jahrelang lag die AfD stabil bei etwa 13 %, bis Helene König die Partei nach oben befördert und zumindest in den Umfragen auf ganz neue Höhen katapultiert hat. Die Frage heute war, kann Frau König ihre Wähler auch an die Wahlurnen bringen. Die Antwort ist: Ja. Nach derzeitigem Hochrechnungsstand hat die Alternative für Deutschland heute etwa 27,7 % der Stimmen bekommen und damit ihr Ergebnis von 2017 mehr als verdoppelt.«

Mia hielt den Atem an. Sie hatte gewusst, dass es schlimm werden könnte. Aber nicht, dass es so schlimm werden würde. Die Grünen starrten leblos auf den blauen Balken. Manche hatten gar Tränen in den Augen.

Auch Schönenborn schien einen Augenblick zu brauchen, um sich zu fangen. »Kommen wir zur FDP. Bei der letzten Wahl hatte die Partei noch 10,7 %. Jetzt aber hat sie im Duell blau gegen grün verloren. Die FDP rutscht auf 5,5 % hinunter. Verliert Stimmen, aber ist weiterhin im Bundestag vertreten. Dann die Linke. Beim letzten Mal noch 9,2 %, in diesem Wahlkampf aber medial stark untergegangen. Die Linkspartei hat diesmal nur 4,7 %

der Stimmen erhalten und würde nach derzeitigem Stand den Einzug in den Deutschen Bundestag nicht schaffen. Es wird deswegen für die Linken und damit vielleicht für uns alle ein langer Wahlabend.«

Mia starrte auf den Bildschirm. Dass die Linken es nicht geschafft hatten, war eine Überraschung. Die Partei musste ihre gesamten Stammwähler im Osten an die AfD und ihre potentiellen Wähler im Westen an die Grünen verloren haben.

»Kommen wir zu den Grünen. Beim letzten Mal war die Partei Bündnis 90 Die Grünen die kleinste im Bundestag vertretene Fraktion. Und so viel können wir auf jeden Fall bereits sagen, die kleinste Partei wird sie nicht mehr sein. Die Grünen verdreifachen ihr Ergebnis und kommen laut aktueller Prognose auf 26,8 %.«

Kaum wurde die Zahl genannt, brannte Jubel auf. Mia klatschte mit den anderen. Doch die Jubelrufe hielten nicht allzu lange an. Stattdessen machte sich Konzentration auf den Gesichtern der Anwesenden breit. Auch Mia kniff die Augen zusammen und addierte die Zahlen. Wer hatte nach derzeitigem Stand eine Mehrheit? Die AfD lag 0,9 % vor den Grünen, aber das konnte sich im Laufe des Wahlabends noch ändern. Die Frage nach der Regierungsbildung war die entscheidende.

Die ARD schien das ähnlich zu sein. Ein Tortendiagramm tauchte hinter Schönenborn auf. »Wir haben uns angesehen, was das für die Mehrheiten in Deutschland bedeuten würde. Und hier, meine Damen und Herren, steht uns eine spannende Nacht bevor. Die Mehrheitsverhältnisse im nächsten deutschen Bundestag hängen vor allem vom Einzug der Linkspartei ab. Wenn die Linkspartei nicht in den Bundestag einzieht – wonach es derzeit aussieht – dann könnte nur eine Zweierkoalition aus AfD und Union eine Mehrheit erzielen. Anders sieht es bei Schwarz-Grün beziehungsweise Grün-Schwarz aus. Diese Parteien bräuchten noch einen dritten Partner. Stichwort Jamaika. Doch ob die FDP bereit wäre, Robert Habeck zum Kanzler zu machen, ist fraglich. Ein Linksbündnis aus Grünen, SPD und Linkspartei *hätte* eine Mehrheit, allerdings natürlich nur dann, wenn die Linken auch den Einzug schaffen.«

Der Jubel und das Lächeln auf den Gesichtern der Grünen erstarb nun völlig. Die Grünen hatten ein absolutes Rekordergebnis für ihre Partei errungen, doch es war keineswegs klar, ob sie Chancen auf den Kanzlertitel hätten.

Wer Kanzler werden würde, hing vom Einzug der Linken und den Entscheidungen der Union ab.

Mia stellte das Sektglas in ihrer Hand ab. Plötzlich waren ihr überall zu viele Menschen. Das Wahlergebnis hatte noch keine Entscheidung gebracht. Sie würden erst im Laufe des Abends und vielleicht sogar erst im Laufe der nächsten Wochen erfahren, was dieses Ergebnis für ihr Land bedeutete. Nur eine Sache stand fest: Mias Ehe war beendet.

Ohne Verabschiedung machte Mia sich auf den Weg Richtung Tür. Sie wollte einfach nur zum Haus ihrer Eltern. Mit ihrem Vater in der Bibliothek sitzen und Whiskey trinken. In Feierstimmung war sie jedenfalls nicht.

»Ich will doch nur kurz hinein«, ertönte plötzlich eine aufgebrachte Stimme.

»Sie stehen nicht auf der Liste.«

»Natürlich stehe ich nicht auf der Liste. Aber meine Frau tut es.«

»Es tut mir leid, ich kann sie nicht hineinlassen.«

»Können Sie ihr zumindest eine Nachricht bringen?«

»Ich bin nicht Ihr Dienstbote.«

Mia ging auf den Ausgang zu. Dort stand er. Christian. Er trug ein weißes Hemd, aber keinen Anzug und redete aufgeregt auf den Türsteher ein. Mia holte Luft. »Hier bin ich«, sagte sie laut.

Christian riss die Augen auf und lächelte. Doch als er Mias Gesichtsausdruck sah, erstarb sein Lächeln.

»Was willst du?«, fragte sie und zwang sich zu einem kalten Tonfall.

»Können wir irgendwo in Ruhe reden?«, fragte er.

Sie biss sich auf die Lippen. Sie war mit dem Taxi hier. »Du kannst mich nach Hause fahren«, sagte sie nach einer Weile. »Vorausgesetzt, du hast noch nicht mit zu viel Sekt gefeiert.« Sie zog die Brauen hoch. »Wieso bist du nicht auf eurer Wahlparty?«

»Das erkläre ich dir gleich.«

Sie machten sich auf den Weg zum Parkplatz. Dort standen weniger Autos, als man bei einer so großen Feier hätte annehmen können. Die Grünen waren gezielt mit öffentlichen Verkehrsmitteln und Fahrgemeinschaften gekommen. *Offiziell, um die Umwelt zu schützen, inoffiziell, um in Ruhe feiern zu können.*

»Du hast dich nicht gemeldet«, sagte Mia, als sie im Auto saßen.

Er nickte.

»Warum nicht? Du hättest mir zumindest schreiben können, dass du dich gegen mich entscheidest.«

»Das habe ich nicht.«

Sie fuhr auf. Es war genug. »Doch, das hast du«, sagte Mia böse. »Wenn du geglaubt hast, dass du das Wahlergebnis abwarten und dann je nach Resultat eine Entscheidung treffen kannst, dann hast du dich getäuscht.« Mit jedem Wort wurde die Wut in ihr größer. All die Verzweiflung, all die Anspannung. Sie war beinahe froh, endlich ein Ventil dafür gefunden zu haben. »Du hast dich gegen mich entschieden«, sagte sie und hörte selbst, dass sie hysterisch klang. »Jetzt leb damit.«

Christian fuhr langsam durch die Nacht. »Ich habe mich nicht gegen dich entschieden«, wiederholte er nach einer Weile mit dem Blick starr nach vorne gerichtet.

Mia lehnte den Kopf gegen das Fenster. »Du hast dich nicht *für* mich entschieden. Das ist dasselbe.« Ihre Stirn schmerzte. Sie wollte diesen fürchterlichen Tag einfach hinter sich bringen.

Doch Christian gab noch nicht auf. »Wenn ich mich vor der Wahl für dich entschieden hätte, hättest du dich bei einem Wahlsieg der AfD nicht immer gefragt, ob ich es eigentlich bereue?«, fragte er und sah jetzt doch zu ihr.

Mia zuckte die Schultern. »Das spielt keine Rolle mehr.« Sie fühlte sich unglaublich leer. Leer und einsam. Das war ihre Zukunft.

»Doch, das tut es!«, sagte er fest. »Die AfD hat die Wahl gewonnen. Aber meine Zeit bei der Partei ist beendet. Ich habe meine Funktionen niedergelegt.«

»Dann hättest du mir schreiben können«, sagte Mia. »Und außerdem hat die AfD nicht gewonnen. Sie ist zwar stärkste Kraft, aber niemand weiß, welche Koalition gebildet wird.«

Christian beschleunigte den Wagen. »Mia«, drängte er. »Helene König wird Kanzlerin werden. Die Union hat viel zu sehr Angst, dass sie beim nächsten Mal alle ihre Wähler an die AfD verliert, wenn sie einen grünen Kanzler mitträgt. Der rechte Unionsflügel unter Merz bereitet bereits einen Putsch gegen AKK vor. Merz hofft, dass er die AfD in der Regierung entzaubern und dann Wählerstimmen zurückgewinnen kann.«

»Und warum willst du dann plötzlich nicht mehr in die Regierung?«, fragte sie skeptisch.

»König hat mir einen Posten angeboten«, erklärte Christian ruhig. »Aber sie wollte mich auch mit Aufgaben betreuen, die offen korrupt sind.« Plötzlich hatte er Tränen in den Augen. »Ich habe mich getäuscht, Mia.«

Mia schloss die Augen und lehnte den Kopf gegen die Tür. Das Ruckeln des Wagens schien sie beinahe in den Schlaf zu wiegen. »Ich will nicht darüber nachdenken«, sagte Mia. »Nicht heute.«

»Was willst du dann?«

Mia seufzte. »Fahr mich einfach nach Hause«, sagte sie mit immer noch geschlossenen Augen.

»Wir sind beinahe am Haus deiner Eltern.«

»Nein.« Ihre Stirn berührte das kalte Fensterglas.

»Fahr mich einfach nach Hause, Christian.«

Epilog

(Waldorfschule Berlin, Dezember 2021)

Die Kinder saßen in einem Halbkreis im Schneidersitz auf dem Boden. Mia selbst befand sich in der Mitte des Kreises mit dem Rücken zur Wand. Sie liebte diese Form des Unterrichts. Bei den alten Griechen hatte der Unterricht an der frischen Luft, unter Bäumen und in entspannter Atmosphäre stattgefunden. Mia hatte nie verstanden, warum sich in der Moderne ein Lehrsystem durchgesetzt hatte, das so starr und verstaubt war, dass es sogar die Lehrenden langweilte. Von den Schülern ganz zu schweigen.

»Frau Professor«, sagte eine Schülerin. So wie die meisten ihre Klassenkollegen war sie zwölf Jahre alt. »Stimmt es, dass ich Angst haben muss?«

Mia sah sie lange an. »Warum solltest du denn Angst haben?«, fragte sie.

Da standen dem Mädchen plötzlich Tränen in den Augen. »Weil ... Weil ich doch braune Haut habe und Türkin bin.«

Mia stand auf und setzte sich vor sie. »Mara«, sagte sie vorsichtig. »Du bist Deutsche. Du bist hier geboren und hast einen deutschen Pass. Lass dir von niemandem etwas anderes sagen.«

»Stimmt es, dass die Kanzlerin uns aus dem Land werfen wird?«, fragte Marco, ein italienischstämmiger Jugendlicher. »Ich habe auch braune Haut und bin Ausländer.«

Ja, aber in deinem Fall stört das die Regierung nicht, Marco.

»Wir haben in Geschichte von den Nazis gehört«, sagte Hannah, ein Mädchen mit blonden Zöpfen. »Meine Eltern sagen, dass gerade dasselbe passiert wie damals!«

Die Kinder sahen Mia mit großen Augen an. Sie hörten allerlei Dinge und wollten Antworten haben. Das war nur natürlich. Doch leider kannte auch Mia die Antworten auf ihre Fragen noch nicht.

»Kommt mal alle her«, sagte Mia, nachdem sie einen Augenblick überlegt hatte. »Ja genau. Rückt näher. Gut so und jetzt überlegt mal. Heute ist die Vereidigung der neuen blau-schwarzen Regierung und unserer neuen Kanzlerin Helene König.« Die Kinder nickten eifrig. Sie stammten großteils aus Linken und alternativen Familien und hatten bei sich zu Hause sicher die schlimmsten Geschichten über die neue Regierung gehört.

»Seht ihr«, sagte sie langsam und sah ihren Schülerinnen und Schülern der Reihe nach in die Augen. »Die Regierung hat viel Macht. Aber nur dann, wenn die Menschen ihr Macht geben. Die Wähler haben unserer neuen Regierung Macht gegeben. Sie haben sie gewählt.«

»Warum haben die Leute das getan?«, fragte Marco.

»Weil sie dumm sind!«, rief Matthias und wiederholte damit zweifellos etwas, das er zu Hause gehört hatte.

»Weil sie Veränderung wollten«, sagte Mia. »Und weil sie Angst hatten. Ich will euch nicht anlügen. Die neue Regierung gefällt auch mir nicht. Sie ist mächtig, aber ihre Macht ist nicht grenzenlos. Die Menschen haben ihr ihre Macht gegeben und können sie ihr auch wieder wegnehmen. Darum kann die Regierung nicht tun, was auch immer sie will. Sie muss dem Volk dienen. Damals bei den Nazis hat das Volk zugesehen, wie Minderheiten misshandelt wurden. Darum war es möglich.« Mia holte tief Luft. »Was würdet ihr tun, wenn ich einen von euch misshandeln würde?«, fragte sie.

Die Kinder sahen einander an. »Das würden Sie nie tun!«, sagte Marco.

»Aber was, wenn doch?«, fragte Mia. »Was, wenn ich Mara misshandeln würde? Was würdet ihr tun?«

»Ich würde sie beschützen«, flüsterte Hannah plötzlich und legte ihrer Freundin die Hand auf den Arm.

Mia lächelte.

»Sehr ihr?

Das ist der Unterschied.«

ENDE

Nachwort des Autors

Liebe Leser,

Das Grundprinzip dieses Romans basiert auf der *open or closed Theorie*. Diese Theorie besagt im Kern, dass der politische Hauptkonflikt unserer Zeit sich zwischen den Menschen abspielt, die eine offene, und denen, die eine geschlossene oder im Deutschen sinnvoller möglichst homogene Gesellschaft wollen.

Diese beiden Gruppen stoßen bei beinahe jedem Thema aufeinander. Laut der *open or closed Theorie* ist jemand, der Zuwanderung ablehnt, höchstwahrscheinlich auch EU-skeptisch, gegen die Homoehe und hält wenig von Maßnahmen zur Reduktion des Klimawandels, wohingegen jemand im *Open*-Lager in all diesen Fragen wahrscheinlich die genau gegenteilige Meinung vertritt.

In den letzten Jahren kam es zwischen den Vertretern dieser beiden Lager (ich will sie nicht Ideologien nennen, da ihnen wesentliche Merkmale einer Ideologie fehlen) zu zahlreichen prominenten Duellen. 2016 gelang es dem *Closed*-Lager, sowohl mit dem Sieg im Brexit Referendum als auch mit dem Wahlsieg Donald Trumps Erfolge zu erzielen, die seitdem die Welt im Atem halten.

Umgekehrt wiederum konnte das *Open*-Lager mit dem Wahlsieg von Emmanuel Macron und dem Aufstieg der deutschen Grünen einige Gegenerfolge erzielen. Der Aufstieg der Grünen und auch der AfD in Deutschland sind dabei laut *open or closed* übrigens klare Zeichen des globalen Duells zwischen diesen beiden Lagern. Die Parteien, die am stärksten eine der beiden Seiten bedienen, gewinnen an Kraft, wohingegen die Parteien in der Mitte, besonders wenn es ihnen an einer starken Führungsfigur mangelt, schrittweise aufgerieben werden.

In „Die Sonntagsfrage" wollte ich diese Entwicklung auf die Spitze treiben und erforschen, was in Deutschland in wenigen Jahren möglich wäre. Wie gespalten ist unsere Gesellschaft wirklich? Wäre eine AfD-Machtergreifung denkbar? Vermutlich nicht. Aber wir leben in den Zeiten von Donald Trump. Es gibt nicht vieles, das nicht denkbar ist.

„Die Sonntagsfrage" war für mich ein Projekt, das sich von allen anderen unterschied. Ich schreibe in der Regel Historische Romane. Auch dort behandle ich politische Themen. Auch dort zeige ich verschiedene Sichtweisen und Konflikte auf, die zu einer gewissen Zeit vorgeherrscht haben. Auch dort treffen verschiedene Ideologien aufeinander. Und doch ist es eine ganz andere Sache, solche Konflikte in unserer eigenen Zeit und Welt zu beschreiben.

Ich habe versucht, beide Seiten möglichst authentisch darzustellen und so wenig wie möglich zu werten. Worum es mir in diesem Projekt ging, war, meinen Lesern einen Einblick in die Denkweise der jeweils anderen Seite zu geben. Ich wollte einen Beitrag dazu leisten, dass wir einander ein wenig besser verstehen lernen.

Ich hoffe, das ist mir gelungen, und ich freue mich euch bei weiteren Projekten begrüßen zu dürfen. Ich habe wie immer zahlreiche weitere Romane geplant (auch einige politische). Wenn ihr über meine Veröffentlichungen auf dem Laufenden bleiben wollt, dann schickt mir einfach eine E-Mail mit „Newsletter“ an zaptosmedia@gmail.com oder schaut auf meiner Website unter http://markus-willinger.de vorbei. Schreibt mir auch gerne eure Meinung zu „Die Sonntagsfrage“.

Ich poste außerdem seit einigen Wochen Bilder von meinen Reisen auf Instagram. Wer will kann mir dort unter @markus_the_travelling_author folgen.

Wie immer hat es mich sehr gefreut eure Bekanntschaft zu machen.

Auf ein baldiges Wiederlesen

Euer Markus

Printed in Poland
by Amazon Fulfillment
Poland Sp. z o.o., Wrocław

52247030R00129